U0532007

梨地

ნანა ექვთიმიშვილი

მსხლების მინდორი

［格鲁吉亚］娜娜·艾特米什维利 著
［格鲁吉亚］安娜·郭古阿泽 译

译林出版社

图书在版编目（CIP）数据

梨地 /（格鲁）娜娜·艾特米什维利著；（格鲁）安娜·郭古阿泽译. -- 南京：译林出版社，2025.1.
ISBN 978-7-5753-0328-6

Ⅰ. I367.45

中国国家版本馆CIP数据核字第2024XR6788号

The Georgian original edition under the title "მასწავლის მინდორი" has been published in 2015 by Bakur Sulakauri, Tblisi
© 2015, Suhrkamp Verlag AG, Berlin
Simplified Chinese edition copyright © 2025 by Yilin Press, Ltd
All rights reserved.

著作权合同登记号　图字：10-2021-458号

梨地　[格鲁吉亚] 娜娜·艾特米什维利 / 著　[格鲁吉亚] 安娜·郭古阿泽 / 译

责任编辑　黄　洁
装帧设计　尚燕平
校　　对　梅　娟
责任印制　单　莉

原文出版	Bakur Sulakauri, Tblisi
出版发行	译林出版社
地　　址	南京市湖南路1号A楼
邮　　箱	yilin@yilin.com
网　　址	www.yilin.com
市场热线	025-86633278
排　　版	南京展望文化发展有限公司
印　　刷	苏州市越洋印刷有限公司
开　　本	880毫米×1168毫米 1/32
印　　张	5.875
插　　页	4
版　　次	2025年1月第1版
印　　次	2025年1月第1次印刷
书　　号	ISBN 978-7-5753-0328-6
定　　价	58.00元

版权所有·侵权必究

译林版图书若有印装错误可向出版社调换。质量热线：025-83658316

1

在第比利斯郊区，大多数街道没有名字，到处都是由苏联式高层建筑组成的街区，一个个街区又聚成小区，凯尔奇街就位于其中。这里没有什么值得一看的，没有历史建筑，没有喷泉，也没有纪念社会最伟大成就的雕像，只有一栋栋高楼林立在街道两侧，偶尔有另一座建筑夹在其中：轻工业学院，它建在高地上，四周环绕着云杉树；幼儿园；市立中学；住房管理委员会办公室；一个小型购物中心；还有街道尽头的智障儿童寄宿学校，当地人称之为"白痴学校"。

没人能记得，是谁在1974年提议，以克里米亚半岛上一个城镇的名称为苏联格鲁吉亚的一条街道命名；1942年十月的一个阳光明媚的日子，当夏日的微风将黑海海水的温热气息吹进内陆时，纳粹军队对那个城镇的采石场发起闪电袭击，俘虏了数千人。不过，现在这里没有船只，也没有从海上吹来的微风。时值晚春，烈日当空，柏油路升腾起热气，高高的枫树被晒得蔫蔫的。偶尔有汽车呼啸而过，一条躺在附近的狗从地上爬起来，对着汽车狂吠，直到汽车拐过弯去。狗百无聊赖，沮丧地看着汽车远去，然后转过身，回到尘土中打滚。

凯尔奇街没有英雄，不像它的名字来源。在纳粹军队包围凯尔奇市，包围犹太人和非犹太人时，一万名被围困的苏联勇士发起了勇敢而无私的抵抗。最终他们失败了。也许这就是为什么战后苏联当局没有将凯尔奇评为"英雄城市"。当局的决定意味着这座城市将不会获得国家援助，只能依靠自己重建。直到1973年，凯尔奇才被授予"英雄城市"的称号。一年后，从第比利斯到提阿内蒂的道路的第一段改名为凯尔奇街。一个接一个，那些经历了伟大的卫国战争的当地人逝去了：在公共假日戴上勋章到街上散步的男人们；行动缓慢，神情庄严，挺起单薄的胸膛，在阳光下走来走去的男人们；把斯大林的照片挂在客厅墙上的男人们。当他们的时间到来时，他们把祖国托付给了他们的子孙，这些孩子今天仍然生活在凯尔奇街上或者凯尔奇街附近，穿梭于家庭、幼儿园、学校、商店和工作之间，他们的全部生活都包含在这个社区中。苏联解体后，他们的生活分崩离析。一些居民躲在家里，闭门不出。其他人走出房子，在街角混时间，或者一个小时接一个小时地参加集会或罢工。有些人把客厅墙上的斯大林照片取了下来，有些人干脆放弃了生命。

在晚春一个晴朗的日子里，在"白痴学校"的洗漱房里，莱拉站在喷流的热水下，低着头思考。

我必须杀了瓦诺……

莱拉一个月前刚满十八岁，还住在学校里。

我要杀了瓦诺，然后任他们处置。

莱拉关上水龙头，蒸汽从她纤瘦的身体上升起，她的脊柱在后背中央清晰可见，像一根扭曲的绳索，从她纤细的腰一路延伸到颈下。

我要杀了他，她一边想着，一边把手臂伸进卡其色衬衫的袖子里，扣上扣子。她旁边有一把学生椅，黄色木头受潮开裂，变软。椅子上有一些洗衣皂屑和一把缺了一半齿的梳子，衣服搭在椅背上。莱拉把腿伸进裤子里，衬衫塞紧，系紧皮带。

他们不会把我关起来，对吧？他们只会说我疯了，或者说我智力迟钝……最坏的情况，他们会把我送去疯人院。他们对塔里尔的孩子就是这么处理的，看看他现在，在外面自由自在地走来走去……她用手指梳了梳滴水的头发，像条落水狗一样甩了甩头。就在这时，洗手间的门砰的一声打开，莱拉看到一个小小的、模糊的身影从蒸汽中出现。

"你在里面吗？"伊拉克利站在门口喊道。莱拉继续穿衣服，努力把湿漉漉的脚穿进袜子里。"达莉到处找你！"

"她想干什么？"莱拉穿上鞋子，系紧鞋带。微风穿过敞开的门，吹散了蒸汽，她现在可以看清楚伊拉克利了，甚至能看见他的尖耳朵和大眼睛。他叹了口气。

"快点，好吗？达莉找你……他们又在玩蹦床了，不肯下来。"

莱拉系上另一只鞋子的鞋带，匆匆跟上他。

外面阳光明媚，暖洋洋的。他们跑过空荡荡的操场，操场一头是长长的单层洗漱房，另一头是宿舍楼。

莱拉打扮得像个男孩，乍看之下，她也的确像个男孩，特别是在她全速奔跑的时候。然而，凑近时，你可以看到她小巧的脸、细而淡的眉毛、深色的眼睛和皲裂的红红的嘴唇，还有衬衫下隆起的胸部。

"达莉赶不走他们。他们就在床垫上。"伊拉克利气喘吁吁地说。

他们一个跳跃，跨过门口的宽阔台阶，奔进大门。

瓷砖铺就的大大的门厅里永远有着凉爽的空气。墙上的陈列柜空着，旁边固定着一个红色的灭火器。

莱拉奔到顶层，跑进长长的走廊。她听到达莉的叫喊声从走廊尽头的房间里传来。她冲进去，看到一大群孩子正在床垫上跳来跳去。

床板发出刺耳的嘎吱声。孩子们中间是一个矮胖的女人，一眼看去好像在和孩子们玩追逐游戏，却抓不住任何一个孩子。这就是达莉，这所学校的纪律主任，也是今天的监管员。她的头发染成红色，很稀疏，甚至可以看到她的头皮。这些头发向各个方向伸展，像圣人图像上的光环一样环绕着她的脑袋。实际上，她整天苦苦追着这些孩子，足以成为这所学校的殉道者了。

这所学校在几个月前才刚刚得到政府部门的"人道援助"，换来的是新的木制床铺。那些用了几十年的沉重的铁床被拆除，搬到了顶楼的一个房间里。孩子们过去还在那个房间里睡觉的时候，天花板就已经漏水了。建筑工人修好了天花板，没多久又漏了。他们第二次修，第三次修……但每次下雨，雨水都会渗进来，直到每个人都接受了这个事实。现在，一到下雨天，孩子们就会跑到房间里去看。地上放着各种用来接水的桶和罐子，这样可以把水倒出窗外。这个房间现在被称为蹦床房，无论达莉怎么做，都无法阻止孩子们进去：在弹簧床上跳跃，特别是在漏雨的时候，是学校里最快乐的事情。

最近，这个房间又多了一个吸引人的地方：毫无预兆地，房间的小阳台塌了，一块块混凝土砸在了地上，铁护栏和一些屋顶瓦片也掉了下去。现在，只剩下一根支撑梁从墙上伸出来。当时，操场上正有一群孩子在踢足球，但幸好没有人受伤。不用说，校方的第一反应是大大地松了一口气，都来不及为阳台坍塌这件事恼怒。但几天后，小阳台的门，连带着门框，也不见了。拿走它的人可能是觉得，既然阳台已经不复存在，那也就没有人需要那扇通往阳台的门了。所以，现在蹦床房的一面墙上有一个门那么大的洞，在像今天这样的晴朗日子里，你可以透过这个洞，看到万里无云的蓝天、白杨树和隔壁的公寓楼。

"滚出去！滚，不然我就打你们的屁股！"达莉吼叫着，孩子们你追我赶，大笑着。她注意到了莱拉。"你看见了没？我用铁丝把门绑起来了，可他们还是进来了，瞧瞧，一团糟！"

莱拉发现瓦斯卡站在角落里。瓦斯卡是罗姆人，亚美尼亚吉卜赛人，十五岁，个头偏小。他在这里住了很长时间。莱拉还记得他刚来的时候。他八岁，她十一岁。他是由他的叔叔带来的，那是一个皮肤黝黑、绿眼睛、毛发浓密、有文身的男人，吸着烟。那个男人再也没有回来过。起初，瓦斯卡围着莱拉转，她保护他，让他免受其他孩子的伤害，因为对他们来说，新来者不过是新鲜的猎物。然后，当莱拉和瓦斯卡长大一点时，他们做了爱。他俩都没想到会这样。那是在洗漱房外面，在梨树下，一片积水的田地旁边。莱拉记得，那天晚上，操场突然空了。达莉正在看一部南美肥皂剧，讲一个年轻女子与她的婆婆关系不和的故事。达莉一集也没落下，甚至成功地让大多数孩子都迷上了这部剧。那晚，他们都走进屋子看电视了，只剩下莱拉和瓦斯卡在操场上。莱拉记不清楚具体是怎么发生的了。她记得他们走到了梨树下。她记得他们脱掉了衣服。这一次并不像之前那样疼痛。事实上，这一次感觉温柔而小心。他似乎温柔而小心……唯一让她不舒服的是他骨盆里的骨头。他们亲吻着对方的嘴唇。瓦斯卡已经知道如何使用舌头了。他们没有说一句话。第一次没说话，后来他们在梨树下一遍又一遍地见面，也依旧不说话。莱拉不太记得事情是何时发生变化的。她不记得自己从什么时候开始，以及为什么开始讨厌瓦斯卡，也不记得为什么开始打压他。他从来不反抗她，现在也是，只是面带微笑地接受。事实上，他一直在微笑。莱拉讨厌那种微笑，她恨不得扑到他身上，揍掉他脸上那抹粉红色的微笑。他总是在微笑。他刚来学校的时候不是这样的。那时候他更爱说话，从不和其他人保持距离，也不像现在一样盯着远方发呆。那时他的脸上也还没有这一抹永远挂在脸上的笑容。那抹微笑冷不丁地出现，模糊不清，略带轻蔑，让人不知道他是在自顾自地笑，还是在嘲笑你，或者根本没有在笑。

"你怎么就知道站那儿傻笑？"莱拉厉声说道，"你不能帮帮达莉吗？"

瓦斯卡用他那双浅绿色的眼睛看着莱拉，脸上挂着那种微笑，轻声说了些什么。

莱拉走到原本是阳台的位置。两个孩子站在门槛上，还有一个新来的孩子，六岁的巴戈，穿着黑色短裤和印着米老鼠图案的T恤，笑着走到了铁梁上，像个走钢索的小人。"我不是告诉你们了吗?"莱拉突然大叫道,"我告诉过你们,不要来这里!"两个孩子跑开了。巴戈摇摇欲坠,但他张开手臂,恢复了平衡,然后小心翼翼地沿着狭窄的横梁往回退。在他退进门槛之前,莱拉一把抓住他的脖子,就让他悬在那里。

巴戈的脸皱起来,一下子没了血色。他的腿在半空中乱抖。

"我要松手吗?我要吗?"

莱拉摇了摇他。巴戈绝望地朝她伸手。

"我要让你掉下去吗?这就是你想要的吗?摔在地上,摔断脖子?"

莱拉把他拉了进来,松开了手。巴戈像一个发条甲壳虫玩具一样蹦跶着跑掉了。

"等我抓住你们,你们就别想好过!"莱拉喊道。

伊拉克利把孩子们赶出了房间。瓦斯卡不知道跑到哪里去了。最后一个孩子斯特拉迈着弯曲的腿蹒跚而出,撅着屁股,只穿着一条厚厚的羊毛紧身裤,高领毛衣的下摆塞在裤腰里。莱拉、伊拉克利和达莉留了下来。达莉头上的光环散乱着,她一屁股坐到床架上,铁丝网被压得变了形,她差点摔到地上。伊拉克利抓住她挥舞的手,把她拉起来，扶她坐在床沿上。她深深地叹了口气。

"伊拉克利，去找蒂尼科，问问她可不可以借给我那把挂锁，天知道她已经答应我多久了。这样我们就可以把门锁上了，免得哪个孩子掉下楼去，到那时这把锁可就一点用都没有了……"

伊拉克利跑了出去。达莉在一桶雨水里弄湿双手，擦了擦额头。

"我受不了了，"她咕哝道，然后对伊拉克利喊，"如果你看到其他人，告诉他们直接去食堂！"莱拉站在空荡荡的阳台门口往下看。她想象自己将他推了出去：瓦诺，年迈的历史老师，现任副校长。这一推让他措手不及，他在门槛上绊了一下，感受到了脚下的虚空……他望着莱拉，镜片后的眼睛瞪得圆圆的，却没有看到她脸上有丝毫担忧他从顶楼坠落的神情。他的脸也和巴戈的一样扭曲，他愤怒地望着她，莱拉却在咒骂："去死吧，该死的混蛋！"他重重地砸在下面的混凝土堆里，嘶哑着呼出最后一口气。

"这是锁。"她听到伊拉克利说。她转过身去，但达莉已经走了。

"她说要让达莉锁好，把钥匙还给她。不过这把锁不好用。她从信箱上拆下来的……"莱拉从伊拉克利手中拿过小锁。

"这把锁谁也挡不住。"她说。

他们离开了房间。莱拉关上门，用小锁锁上，并把钥匙交给伊拉克利。她试着拉了拉门，用的力气和她觉得斯特拉会用的差不多。

他们并肩走过走廊。伊拉克利比莱拉矮一些。莱拉点了一支烟。斯特拉从某个房间里惊慌失措地跑了出来，不知道自己应该去哪里。

"马上去食堂！"伊拉克利说。斯特拉跑开了。

他们走下楼梯。

"你能带我去打电话吗？"伊拉克利问。

"你真是个白痴，知道吗？就别再纠缠了！别再让自己出洋相了！"

"可她说这周啊。我在上帝面前发誓！"

他们走出大楼，走进院子，那是一片宽敞的空地，铺了沥青，通常，体育老师奥拓会把他的浅蓝色货车停在那里。空地周围是未经铺设的地面，覆盖着云杉针叶。

他们穿过宿舍楼和行政楼之间的小片开阔地，走向食堂。行政楼是上课的地方，学校主任蒂尼科的办公室也在这里。这是一栋维护得还不错的两层建筑，有窗户，有阳台。

十岁的塞尔格从里面大踏步走出来，腋下夹着一件粉色的衣服。格利亚跟在他身后，拖着脚，摇头晃脑。你很难猜到格利亚的年纪；像是十岁，又像是十五岁。

莱拉心想，你可以看出格利亚有点迟钝。有时候可以看出来，有时候又看不出来。而塞尔格和伊拉克利就看不出来了。

"去食堂，马上！"伊拉克利喊道，"达莉说的！塞尔格！格利亚！"

塞尔格无视伊拉克利，但格利亚犹豫了一下，然后朝着食堂返回去了。

"你要去哪儿？"莱拉问塞尔格。

他径直从她身边走过，朝大门走去。"小卖部！"他说，头也不回。

"去干吗？"

"蒂尼科叫我把这条裙子退回去。"

他做了一个魔术师亮相的手势，从腋下抽出粉红色的衣服，转过身来给莱拉看。

她怀疑地看着他。塞尔格笑了。

"你不相信我？"他把裙子比在身上，"我穿着很好看，是吧?"

"是啊。小心别被人绑架!"莱拉笑着说道,然后继续朝食堂走去。

塞尔格耐心地把裙子叠好,然后跑出大门,去了扎伊拉的小卖部。蒂尼科不是第一次这样退衣服了。扎伊拉的嫂子从土耳其带来便宜的衣服,扎伊拉把这些衣服还有其他的小东西卖给顾客。

当伊拉克利和莱拉走近食堂时,炸土豆和洋葱的气味,夹杂着一股说不清道不明的臭味,扑鼻而来。莱拉抽完最后一口烟,把烟蒂扔在地上,然后,她听到街上传来一声闷响,接着是尖锐的刹车声,她转身看去。透过云杉树,她看到伊拉克利朝大门奔去。塔里尔,一个无论什么天气都穿着一件旧羊皮夹克的中年男子,瘸着腿走出大门口,他试图跑起来,但摔倒了。莱拉听到了哀号。她跑了出去。

一离开院子里的云杉树荫,街上的热浪就朝着莱拉扑来。正午的太阳在那些冒险走出去的人的脚下投下了细长、颤动的阴影。附近停着一辆车,一半车身在路肩上。一个男人走出来,头晕眼花,摇摇晃晃地匆忙离去,车门还开着。塔里尔和伊拉克利追了上去,莱拉跟在后面,她看见塞尔格被撞到了人行道边上,一动不动。另一辆车停了下来，车门砰的一声关上，有人快步走过柏油路。

塞尔格刚才是不是动了一下？人们七嘴八舌。"我当时正开着车……他突然冲到我的面前……""我是医生……快叫救护车……"

塔里尔和伊拉克利轻轻地碰了碰塞尔格。"塞尔格！"伊拉克利大喊，"塞利奥冉！"[1]

他们给塞尔格翻身，他浑身是血。"塞利奥冉！"莱拉轻轻地碰了一下他的肩膀。

一个陌生男子一把将她拽到一边，他跪在塞尔格身旁，两根脏兮兮的手指按在塞尔格柔软的脖子上，眼睛凝视着远方，一动不动。这个男人很臭，他的衬衫半敞开，露出发红发胀的肚子，这是喝了太多酒的缘故。莱拉想象他正把匕首架在塞尔格的脖子上，防止塞尔格泄露秘密。塞尔格一动不动。他不害怕匕首，也不害怕挤在周围的人们。这个男人的秘密与塞尔格无关。扎伊拉跑出她的小卖部，用拳头狠狠地打着自己的头。每个人都有问题："他是谁？""谁让这个孩子出去的？""发生了什么？"

蒂尼科站在学校门口，像往常一样穿得很漂亮，黑色短裙，亮黑色高跟鞋，绿色的褶边衬衫。她迈着沉重的双腿飞快地赶来，一条黑色宝石项链在胸前上下摆动。她的脸色苍白如纸。莱拉听到一些零散的对话:"救护车……心肺复苏……""不知他从哪里冒出来的……我正开车呢,他就冲出来了……"蒂尼科看着塞尔格和柏油路上的血。她的表情失去控制,五官扭成一团。粉色的针织裙掉在路上,皱巴巴的,被别人的脚踩住,沾满了血。

男人们检查着塞尔格的情况,其中一个人说他还有呼吸。一阵微风从附近的花园吹来,不知何故让人群平静了下来。莱拉听到有个男人在电话里给救护车司机指路。

人行道上渐渐聚满了人,仿佛他们一直藏在这条被遗忘的、晒得酷热的街道的另一边,等待着像这样的事情把他们引诱出来。突然,一个苗条的女人发现扎伊拉晕倒了,她大声叫人拿水来。扎伊拉跌坐在人行道上,瘫软无力,双腿直直地朝前展开。体育老师奥拓用肩膀支撑着她的背。一个男人朝旁观者叫着,让他们让出一些空间。他们把塞尔格放在某个人的夹克上。

塔里尔告诉蒂尼科:"我们已经叫了救护车。"

"噢,天啊……"蒂尼科面色苍白地说道,"他怎么样了?严重吗?"

"情况非常糟糕。"塔里尔说道,然后走回那些男人中间。

"别担心,小姐,"一个没有脖子、面颊通红的光头男子平静地说道,"没必要惊慌,他们正在照顾他。让我们往后退一点,给他们一些呼吸的空气。你要我们先照顾孩子还是她?"他朝着扎伊拉摆了摆头,此时扎伊拉正在恢复清醒,但仍然像醉汉一样倒在人行道上。

蒂尼科的脸和脖子都变得通红,她看起来像是得了麻疹。她向前迈了几步,弯下腰,迅速地把裙子叠起来,确保手上不会沾上血迹。她注意到莱拉正在看着她,赶紧走了过去。

"拿着这个,"她拉住莱拉的胳膊说道,"小心点!快去我的办公室,放到我的抽屉里。无论别人问你什么,都不要说话,知道吗?"

莱拉看了看蒂尼科满是汗水的脸,然后拿起裙子就跑,好像跑起来就能拯救塞尔格一样。她穿过院子里的云杉树林,看见达莉从食堂走出来,身后跟着一大群孩子,他们都在拼命奔跑。达莉就像一位神父,正带领着一群信众,直到孩子们从她身边跑过,她被人群吞没了。

莱拉走进行政楼。不像宿舍楼里的那些门,蒂尼科办公室的门上贴着软包皮革。莱拉打开抽屉,看见一块吃了一半的巧克力。她把染血的裙子塞进去,然后关上抽屉。

蒂尼科的桌子上只有一个小小的、薄薄的圣乔治像，靠在笔筒上，还有一本登记册和一枝插在杯子里的植物。桌子上面盖着一层厚厚的玻璃，玻璃下面放着一张日历、一张格里高利·派克的黑白照片以及蒂尼科的两个儿子的护照照片。

莱拉回到街道上，救护车已经把塞尔格带走了，只剩下几个人围在一起说着话。地区警察毕鲁兹站在一边，他有一双深陷的悲伤的眼睛和一张对于警察来说过于和气的脸，他正在和那个汽车司机交谈。蒂尼科、达莉、塔里尔和其他几个当地人也在那里，还有一小群年轻人。其中就有科巴，他住在隔壁的楼房里，他的脸很瘦，鼻子很长，一脸烦躁。他也注意到了莱拉，但他们没有说话。一些学校的孩子在那里，生平第一次，他们听从了达莉的命令，因为她在哭泣。他们跟着她穿过马路，消失在院子里。

邻居们猜测，塞尔格趁着课间溜出学校去扎伊拉的小卖部买冰激凌，过马路时没有看路，这才被车撞了。瓦斯卡听着泪流满面的蒂尼科向围观的人们诉说。他脸上的微笑已经消失了。

"我们告诉他们不要出来，一遍又一遍地告诉他们，"

蒂尼科说,"但我们人手不够,我们已经向教育部报告了……达莉怎么可能每秒钟都看着他们呢?我们需要人手!每个人都知道我们的处境,但他们置之不理!也许现在他们终于会派一些人来帮我们了……"

那天晚上,传来了塞尔格去世的消息。

第二天早上,整个学校异常安静。课程被取消了。

塞尔格的遗体从医院运了回来,他们将他放在体育室里。这个房间位于行政楼一楼,窗户上装着铁栅栏,除了几根固定在墙上的木制健身杠和一些旧的体育器材,房间里什么也没有。每一个字都像烟雾一样在体育室里弥漫开来,飘进空荡荡的角落。孩子们坐在靠墙的长长的矮凳上,说着唇语,凝视着奥拓的桌子,塞尔格裹着布,躺在那里。

外面,那个司机和另外四个男人站在一起。他的脖子本来就短,因为那巨大的双下巴而显得更短了,在他的额头上,有一条鼓起的血管。他看起来好像一只被孩子用吸管吹大的不幸的蟾蜍,总有一天会过度膨胀,而后爆炸。

附近街区的一小群女人正看着这些男人,试图找出凶手。其中一个女人发现了他,用一种锋利的目光盯着他。其他女人也跟着盯了过去,带着几分敬意——虽然他撞了塞尔格，但他仍有足够的正直和勇气，站在这里接受众人的审视。

"我听说这并不是他的错，"一个女人说，"而且他看起来是个不错的家伙。他们本来要用便宜的锌做棺材，但他要求用木头！他还在操心墓地的事情。他们原本打算把那个男孩埋在穷人的墓地里，没有墓碑，什么都没有。换作是其他人，可能根本不会费工夫去了解他的情况！我的意思是，又不会有警察或者男孩的父母来找他的麻烦。"

学校工作人员手忙脚乱，他们原以为塞尔格的遗体会被直接从医院运到墓地去。瓦诺和蒂尼科走进体育室。蒂尼科仍然很紧张，不停地将手插进裙子口袋，然后又拿出来打着手势跟瓦诺说话。她紧张地瞥了一眼奥拓的桌子，好像那上面有一颗滴答作响的定时炸弹，而不是塞尔格的遗体。

莱拉正和年幼的孩子们坐在一起。斯特拉把她那张脏兮兮、惊恐的脸紧贴在莱拉的手臂上，嚅动着嘴唇。

"塞尔格死了吗？"她睁大了眼睛问。

莱拉轻轻握住她的手，低声说："是的，他死了。"伊拉克利、瓦斯卡、格利亚和其他几个人坐在长凳上，努力想听清楚瓦诺和蒂尼科在体育室另一头说了些什么。蒂尼科瞥了孩子们一眼，对瓦诺嘀咕了几句，便快步离开了体育室。瓦诺叫奥拓带孩子们出去。

"神父在路上，他到了以后我们就去墓地。"他说着，向门口走去。

瓦诺正焦躁着，一只瘪了一半的篮球不知怎么卡在了他的两脚之间。他想把球踢开，却差点摔倒。十一岁的雷瓦纳忍不住笑了起来。瓦诺生气地踢开了篮球，怒气冲冲地瞪了一眼孩子们，离开了。

雅克比神父穿着长长的黑袍来到学校。他留着浓密的黑胡子，眼神深邃坚毅。孩子们问起塞尔格会不会去地狱，会不会遭受恶魔的鞭子、藤条和红烙铁的折磨。达莉尽力安抚他们，告诉他们雅克比神父会举行必要的仪式，将塞尔格的灵魂送往天堂。

神父与蒂尼科和瓦诺一起走遍学校，用神圣的油在每扇大门上画上十字架，祝福建筑物。孩子们跟在他后面。当他们到达洗漱房时，神父绕着房子走了一圈，赋予它神的恩典，顺便拾起了长袍下摆从灌木丛里粘上的芒刺种子，仿佛是在拯救渴望救赎的小小的、毛茸茸的生物。

洗漱房祝圣后，孩子们聚集在院子里受洗。现场一片寂静，就连最小的孩子也知道这场仪式将拯救他们免于地狱之火。达莉一下子成了在场的所有孩子的教母。她似乎松了一口气，精神振奋，很高兴担起这份新责任。雅克比神父向孩子们分发木十字架，他们找起细绳来，好把十字架挂在脖子上。

除了零星几个邻居，没有人来看塞尔格的遗体。

一辆装着小木棺材的车停了下来。学校里更加肃静。孩子们挤在门口，外面，撞了塞尔格的那个人正在指挥司机。

"这些孩子可能迟钝，但他们对发生了什么一清二楚，你看见了吧？"维内拉挽着儿子的手臂说。戈德兹四十岁了，仍然单身。他茫然地看了看孩子们，然后抽出自己的手臂，走到了男人们那里。

每个孩子都在那里看着塞尔格被放进棺材里运走。每个孩子都想站在最前面，最后再看他一眼。科巴来了，拿着两把小小的学生椅，架起塞尔格的棺材，让他能在自己度过童年的家一般的院子里再待上几分钟。达莉刻意压低的啜泣声打破了寂静。塞尔格躺在狭小的棺材里，身着为此时此刻特制的西装，手臂交叉在胸前，一块手帕塞在他僵硬的小手中，好像他说不定会想擦去一滴泪水似的。如果塞尔格还活着，雷瓦纳肯定会开他的玩笑，说说这身西装，或者这个不自然的姿势，但就连雷瓦纳现在也保持着沉默。警察拿着一个花环上了大巴。男人们轻轻地将棺材扛到肩上，就好像它根本没有重量一样。科巴踢翻两把椅子，有那么一刻，地上的椅子看起来就像是献祭的动物，是为了救赎塞尔格的死亡而被宰杀的。

老师们和其他成年人陆续登上大巴。

蒂尼科转身问莱拉："你要来吗？"

伊拉克利紧紧地贴在莱拉的身边。

"我去，"莱拉回答说，"但小家伙们也想去……"

蒂尼科想了一会儿，然后跟达莉商量。达莉打量了一下孩子们，把一些年幼和行动不便的孩子从队伍中拉出来，指着剩下的孩子们说："你们上车吧，但要保持安静，规矩点。"

孩子们上车了，他们更像是兴奋的游客，而非哀伤的悼念者。

在大巴上，莱拉透过后窗向外望去。达莉站在大门口，身边有一小群孩子：格利亚、斯特拉、巴戈和其他几个孩子。其中几个正在哭，紧紧抱住她的腿。大巴缓缓启动，冒着黑烟，跟在送塞尔格最后一程的小汽车后面。车缓缓行驶，就像被人托举着前行。

大巴停在阿夫查拉公墓外。阳光火辣辣的。

古尔纳拉是实践课教师，她叮嘱莱拉多留意孩子们。他们排成长队，像苏联学校里做行军操的孩子们一样前后摆动着胳膊，沿着陡峭的小路往上走。莱拉在想，是只有正常人才能来这里，还是白痴也可以来。

男人们把棺材放在挖好的墓穴旁。神父对着塞尔格的遗体念念有词。老师们看起来很疲惫。烈日下，墓地被晒得滚烫，尘土飞扬。

公墓旁边有一条小路，小路的那头有一栋长条形的九层楼房，右半边几乎已经完全坍圮，只剩下外墙，一个黑乎乎的空壳子。莱拉的视线可以穿透整栋楼房。这栋楼乍一看像是废弃了，但她看到还有人住在另外半边楼里：阳台上挂着衣服，一串串洋葱、大蒜和藏红花，还有旧的连裤袜，里面装满了还没去壳的榛子。整栋楼似乎正在倾斜，仿佛因承载剩余居民的重量而缓缓沉入地面。

雅克比神父仍在祈祷。掘墓人小心地掀开裹尸布，露出塞尔格的上半身。他就躺在那里，穿着灰色的西装，双臂交叉在胸前，眼睛紧闭，脸部变形，皮肤暗淡，布满了斑点。孩子们凝视着他。

神父完成了祷告。掘墓人停下来，让人们道别，但古尔纳拉只是点了点头，当裹尸布再次盖在塞尔格的脸上时，她发出一声深沉的低吟。

尽管莱拉知道塞尔格已经死了，但她仍期望他会抗议。但他什么也没有说，即使棺材盖子盖上了，即使干燥的土块哗啦啦落在棺材盖上。老师和孩子们开始下坡，把塞尔格跟两个工人和一个掘墓人留在那里，这些陌生人把他的遗体埋入地下，葬在阿夫查拉的山坡上。

"不要回头！"古尔纳拉大喊着，紧紧抓住一座坟墓的栅栏，以免失足滑倒。

"为什么不行，老师？"伊拉克利问道。

"这是传统。"她回答着，身体失去控制，摇晃着滑下陡坡。奥拓站在下面，伸出一只强壮的、毛茸茸的手臂让古尔纳拉抓住。

"你们听到了吗？不要回头！"莱拉对着在墓碑之间穿行的孩子们喊道。

"为什么不行，莱拉？"伊拉克利再次问道。

"我不太清楚。"莱拉说着,小跑着下了一个小坡。

"是啊,没错。"雷瓦纳确认道,"你不能回头。一旦你把他们埋葬了,你就让他们安息吧。也不要再哭了。"

大巴司机坐在半塌的楼房投下的阴凉里,静静地吸着烟,等待着悼念的人们归来。

1　塞尔格是塞利奥冉的昵称。——译注(本书注释均为译注,后文不再一一标明)

2

莱拉不记得她第一次来到这所学校的时间。她不知道自己出生在哪里，也不知道父母是谁，又是谁把她送到了凯尔奇街。蒂尼科也不知道莱拉的身世。她无法告诉莱拉关于父母的任何事情，给不了莱拉一丁点安慰。蒂尼科一定把莱拉的档案翻了无数次了；她们唯一可以确定的是，莱拉曾经住在老机车厂附近的儿童之家，等到她可以上学的时候，他们就把她带到了这里。这就是莱拉传记的全部内容。

有时候，莱拉尝试回忆儿童之家的情景。她勉强能够回想起一个女人坐在钢琴前，一场新年晚会，一顶锥形的帽子戴在她头上，帽子是用斑点纸做成的，上面粘着金属丝，用一根粗橡皮筋固定在下巴下面。有时候她会想，弹钢琴的女人和有斑点的帽子是否真的存在过。

每次莱拉走进学校大门时，都会有一种熟悉的味道扑鼻而来。她离宿舍楼越近，味道就越浓，她能感觉到学校在将她拉回来。

每一层都有厕所，位于走廊的尽头。风透过破损的玻璃窗吹进来，将厕所的恶臭吹到楼里更深的地方，使整个走廊都弥漫着车站厕所的气味。寝室、电视室和游戏室都有各自的气味，再多的新鲜空气也无法清除。那是脏孩子的气味，有时也是用洗衣皂洗净的衣物的气味；是潮湿床单和一代传一代的被褥的气味；是煤油灯和冬天的烧柴炉的气味；是旧扶手椅和贴在窗户裂缝上的胶带以及窗台上摆着的中国锦葵的气味。莱拉能认出每一种气味，尽管有时它们都被厕所的刺鼻气味掩盖了。当莱拉走进大门时，这种气味总是让她感到深切的悲伤。它让她想起了门卫塔里尔的母亲。附近的人都认识她。她身上散发着湿皮革的气味。年轻时，她是个勤劳、坚忍的女人，但自从那一天她穿上了丧服，她的身体和心灵都开始变得衰弱。随着时间的推移，她忘记了自己的房子、儿子和孙子，在学校围栏旁漫无目地徘徊，如此度过余生。莱拉一踏进学校的地面，就会想起她；然后，渐渐地，她适应了这种气味，那个女人的幽灵也悄然离开了她的思绪。

校园里有一个地方，莱拉特别喜欢，正是因为它的气味。宿舍楼有逃生梯，是一个固定在对着洗漱房的外墙上的螺旋铁楼梯。在夏天，阳光烘烤着生锈的金属，释放出一种奇怪而甜美的气味。莱拉从小就喜欢爬这个楼梯，虽然它紧密的螺旋让她爬着爬着就头晕目眩。她爬啊爬，转过一个又一个弯，一直爬到顶。

尽管楼梯位于户外，沐浴着新鲜空气，但它的气味从来不会变。莱拉在攀爬时摩挲着扶手，爬到顶后，她将手掌贴在鼻子上闻，气味一如往常。楼梯通向一个俯瞰操场的小平台。莱拉趴在护栏上，几乎可以够到旁边高大的云杉树的树枝。她在这个楼梯上度过了许多时光。每一次她爬上来，她都假装这个楼梯会通向一个完全不同的地方，直到她爬到顶，看到一堵坚实的没有门的墙壁，幻想破灭。

有时，雨下得很大，足以把楼梯冲刷干净。雨水滴落在阳光烘烤过的铁上，继而弹开，发出特别的声音。莱拉看着大雨倾泻而下，她想象着塔里尔的母亲站在围栏旁，浑身湿透，等待着天空放晴，好把她的黑色丧服拿到太阳底下晒干。

洗漱房弥漫着洗衣皂、洗衣粉和潮湿发霉的墙壁的气味,如果有虱子,还会有滴滴涕杀虫剂的刺鼻气味。莱拉在每周的第一天洗澡。等洗衣时间结束,所有孩子都洗完澡之后,她独自进去。当她将未洗的衣服套在刚刚洗净的身上时,感觉就像她正在穿上一层古老而熟悉的皮肤。

食堂里充斥着燃气灶上经年累月积攒的油脂污垢散发出的臭气,这是一种经久不消的气味,只会随着当天的菜单有所变化:粥、罗宋汤、炸土豆配洋葱,或者用陈面包、土豆和香草做的所谓的"素肉饼"。

行政楼里没有什么味道,除非你算上那些软包门上的皮革的气味,还有偶尔有个没洗澡的孩子去上课的途中留下的气味,以及蒂尼科身上若隐若现的香水味。有的门上的皮革面板被割开了,露出柔软的黄色填充物,孩子们一把一把地撕下填充物,拿去玩游戏。

门房里散发着塔里尔的气味。这个小小的房间还能散发什么味道呢?那里充满了他发霉的衣物、樟脑丸、香烟和晚饭的气味。

在洗漱房和宿舍楼之间有一片宽阔的绿地,种满了矮小的梨树。无论老少,所有人都远远地躲开这个地方。这些树每年都会结果，从不落空，但每个人都避之不及，因为这片美丽的绿地永远浸在水中。可能是从破裂的老管道涌出来的水，也可能是地下冒出的泉水，没有人知道。乍一看，从土壤中渗出的水几乎看不见。这片绿地看起来如此诱人，特别是对刚到学校的新生来说。他们跑到绿地上，然后不由自主地慢下来，满怀惊恐，因为他们的脚陷入了吸满水的土地中。所以，梨树就那么孤零零地矗立着，树干扭结，树枝低垂，相互交错。每年春天它们都结出又大又亮的绿色梨子，但没有人碰它们。这些梨子很少在天气变冷之前成熟，它们硬得像石头；那些成熟的梨子也不会变甜，而是带着一种渗入果肉的奇特的地下水的味道。如果说螺旋楼梯将莱拉带到了一个幻想世界，那么奔向梨地让她充满恐惧，她害怕她无法穿越这片树林，她想象着树枝抓住她，把她摔在地上，将她的身体拉入柔软的泥泞中，根须缠绕上来，永远吞噬了她。

在塞尔格的葬礼之后，蒂尼科把莱拉叫进她的办公室。她给了莱拉一些巧克力，莱拉没要。蒂尼科热情地感谢莱拉在如此艰难的时刻给予的支持，她开始大谈特谈一些事情，用着"前景"、"前途"和"志向"这样的词语。

这所学校的任务是照顾和教育无家可归的学龄儿童。接受九年的教育后,这些孩子就该离开,开始新的生活了。在共产主义时代,按照法律,职业技术学院和各种就业项目有义务接收这些孩子,他们甚至可以住进分配的公寓里。但那是以前,现在不一样了。如今,每个人都需要公寓:来自阿布哈兹的难民排在名单的最前头,农民为了过上更好的生活来到城市,许多大家庭挤在一两个房间里;就连富人也想要公寓,为了他们自己、他们的孩子和他们的生意……

莱拉结束学业已经三年了,但她不知道该去哪里。值得称赞的是,学校的工作人员没有催她离开;没有人会被强制赶走。她没有找到工作的希望。毕竟,正常人都找不到工作,一个刚从智障学校毕业的女孩又能有什么机会呢?

莱拉是唯一选择留下来的人。她的同龄人都已经离开,走上了自己的生活道路。有些人甚至在完成学业之前就离开了。有些人搬到城里,开始乞讨。有一两个人找到了工作,也许在跳蚤市场搬运货物,或者在市场运送农产品。有几个人结了婚。还有一些人就这样消失了。

蒂尼科为莱拉提供了一份工作,在门房里看守邻居的汽车。一些邻居会把车停在学校前的大院子里过夜。蒂尼科会收取适度的月费；对一些人来说，如果这意味着不会在回来取车时发现后视镜和轮胎不见了，收音机被偷了，或者更糟，连车都没了，那么这笔钱花得很值当。蒂尼科信任莱拉，并认为她会比塔里尔做得更好。蒂尼科会从收来的钱中抽一部分给莱拉，剩下的就当作莱拉的食宿费。

莱拉接受了。塔里尔带着怒气，一瘸一拐地离开门房，带走了他的几件行李，以便她可以搬进去。在伊拉克利的帮助下，她从自己的宿舍里搬来了一张沙发床，从厨房拿来一个杯子，还有两套衣服和一些其他的物品，都放在小桌子上。墙上有一面镜子，莱拉拿出雅克比神父给她的十字架，挂在镜框上。

塔里尔不想丢掉他的工作。他在门房里度过了许多个冬天。他的妻子纳尔西莎每天都会侧身挤过狭窄的门口给他送餐。偶尔，塔里尔的儿子赫纳措来替一替他。赫纳措三十岁了，还是单身，是他们唯一的孩子。赫纳措在去服兵役的时候精神错乱了，父母送他去了医院，精神科医生"治愈"了他，把他送回了家。现在的他整天穿着一件长长的黑色外套四处游荡，头发乱糟糟的，自言自语。有时，如果你仔细听，会发现他说的话有点道理。他在风中辩论着，风带走他的言辞，却没有带回任何答案。这一切深深伤害了塔里尔和纳尔西莎。这是他们唯一的孩子，不偷不抢，一直很听话，擅长数学，知道如何与女孩交谈，他只是离家去参军，回来时却进了疯人院，完全变了个人，备受折磨。他无法忍受自己的样子，从不照镜子。他的母亲把浴室墙上的镜子拆了下来，现在，当塔里尔想刮胡子时，他就拿出藏在浴缸下面的碎镜片，把它靠在纳尔西莎的洗发水瓶上，对着这片镜子刮；或者，他带着刮胡刀和碗去门房，用那里的镜子。

于是，塔里尔一瘸一拐地走出了学校，心情沮丧但深知抗议没有意义。他只是打开大门，走回家，纳尔西莎和赫纳措在家等着他。

与此同时，莱拉告别了五层楼的宿舍楼和她在过去几年里称之为家的房间。现在她进入主楼的唯一理由就是上厕所。

她走进门房，坐在床上点燃了一支香烟。塔里尔在桌子上留下了一个大大的玻璃烟灰缸。莱拉把烟灰弹进去，有些奇怪的满足感。伊拉克利进来，坐在她旁边。莱拉把香烟的最后一口给了他。

伊拉克利九岁，已经在这所学校住了一年。他不记得自己的父亲，是母亲把他带到这里的。起初，她把他送到了格鲁吉亚中部的一个儿童之家，而她则在第比利斯工作。她和他保持联系，尽管联系不太频繁。她很难抽身。然后，一年前她把他带到了第比利斯。他们约定，周一到周五，他寄宿在学校，周末和她在一起过。但一个又一个周末过去了，伊拉克利从没回过家。当他刚到学校时，蒂尼科请莱拉照顾他。他似乎很开心，跟着莱拉到处转，她发现他很聪明，而且伶牙俐齿。莱拉一般会更亲近那些多多少少"正常"一些的孩子。当有需要时，她也会帮助那些迟缓的孩子，但她保持着距离。

莱拉和伊拉克利走出去时，看到瓦斯卡和格利亚坐在云杉树下的长凳上。

"我要出去一下，"莱拉对格利亚说，"如果有人需要开车进来，你能开门吗？"

格利亚点了点头。莱拉觉得她看到了瓦斯卡的嘴角越咧越大，毫无疑问，这是因为她让格利亚做这件事，他连路都走不太稳，而他们都知道把开门这事交给瓦斯卡更好些。

莱拉和伊拉克利来到隔壁的公寓楼。这栋楼几乎和宿舍楼一模一样：一栋白色的五层建筑，四周都是绿地，建了些车库。这里的居民是最先把智障儿童寄宿学校叫作"白痴学校"的人。这栋楼和宿舍楼一样都是在赫鲁晓夫时代建造的:一栋被指定用于住房,另一栋被指定为辅助建筑,成为学校。

他们上到顶楼,按了门铃。梅齐亚打开了门。

"抱歉打扰你,我们能借用一下你的电话吗?"莱拉问。

"进来,进来!"梅齐亚说,招着手,把他们带进了门厅。

这套公寓一尘不染,散发着刚出炉的面包的香气。梅齐亚给伊拉克利拿来一个小凳子,莱拉则靠在电话旁的橱柜上。他们以前来过这里。梅齐亚小心翼翼地关上了通往走廊的门,给他们一些隐私。

伊拉克利小心翼翼地把食指挨个伸进号码孔,镇定地转动拨号盘。梅齐亚的女儿走进门厅,站在那里目不转睛地盯着他们。她七八岁,肚子和胸脯像小狗一样胖乎乎的,脸颊上有一个大大的、毛茸茸的美人痣。莱拉联想到一只毛茸茸的甲壳虫,尽管她从没真的见过那种东西。

"你要打电话给谁?"女孩问伊拉克利。

"我妈妈。"他头也不抬地答道,接着拨号。

小女孩在门厅里站了一会儿,直到觉得无聊,然后消失在厨房里。伊拉克利又拨了一次号码,这次电话打通了。

"喂?"

"妈妈,是我。"

"伊拉克利!你好吗?"那边的女人听起来有些吃惊,"我还没能回家,伊卡[1]。我这边有很多事情要处理……我找到了一份工作,但——嗯,我还得找点别的工作。不过,你好吗?"

"我很好。你什么时候回来?"

伊拉克利干脆地说,他一只手握住听筒,另一只手肘靠在膝盖上。

"下周。我告诉过你,记得吗?"

"你是说接下来的那周吗?"

"是的,你不记得我告诉过你吗?"

伊拉克利迟疑了一下。

"我记得,"他说,"不过我以为你是说这周。"

"你在哪儿打电话呢?"

"我在邻居家。"

"你那边有什么情况?你还经常头疼吗?"

"没有。"他沉默了一会儿,"你还记得塞尔格吗?"

"哪个塞尔格?"

"学校里的那个。他去世了。"

"噢，天哪！怎么回事？"

"被车撞了。"

"我的天啊，可怜的孩子。太可怕了。怎么发生的？"

"他去了外面，到了马路上，在那儿走的时候被撞了。"

"噢，可怜的小家伙……"

更长时间的沉默。莱拉仔细观察着伊拉克利白皙的皮肤、皱起的眉头和垂下的眼睛。

"你有听老师的话，按照他们说的去做吗？"

"有。"

"很好……听着，伊拉克利，我得走了。我该去上班了。"

"好的。"

"要乖，听老师的话。不要去外面。"

"好的。"

莱拉听到伊拉克利的母亲挂断电话的声音。伊拉克利把听筒放回原处。

"我们走吧？"莱拉站起来说。

"好的。"伊拉克利说。

他们准备离开时，梅齐亚出现了，给了他俩一人几块腰豆馅饼，用报纸包着，这样就不会被热热的豆馅烫到手指。他们默默无言地走下楼梯。谁也没有胃口。

外面的阳光温暖而明媚。维内拉的儿子戈德兹正在大门前洗车,把院子弄得满地是水。

"那她是说这周还是下周,还是你没记住?"莱拉跳过一条肥皂泡河时问道。

伊拉克利在她后面跳过去。"我不知道。"

在回来的路上,他们遇到了玛丽卡。她只比莱拉大几个月,虽然她们在还是小女孩的时候,看起来好像年龄差很多。六岁左右的时候,玛丽卡经常带着莱拉玩。有一种游戏很特别,玛丽卡会脱掉莱拉的内裤,紧接着脱下她自己的。她们并排躺下,玛丽卡会把手放在莱拉的双腿之间,而且让莱拉也这么做。莱拉喜欢玛丽卡那样触碰她,但她不喜欢也这么触碰玛丽卡,不过她还是照做了,尽管这让她的手上留下了一种奇怪的气味。玛丽卡会叫莱拉闭上眼睛睡觉,她们静静地躺在那里,完全清醒着,直到她决定是时候起来了。玛丽卡没有父亲,她怕她母亲,怕得要命。

当她们长大后,玛丽卡改变了游戏规则。有一天,她把莱拉带到地下室,让她看看自己双腿之间的部位。莱拉看到那里生长着一些奇怪的东西。这让她想起了公鸡的鸡冠,曾经光滑、细嫩的皮肤现在覆盖着浓密的黑毛。莱拉以为她发现了第三种性别。接着,莱拉也把内裤拉了下来,她们试图把彼此联结在一起。她们就这样待了一会儿，但怎么都不对劲。玛丽卡警告莱拉不要告诉任何人她们做了什么，即使她们没有做错任何事，即使莱拉班上的女孩也在玩同样的游戏。几个月后，当莱拉自己的身体开始发生变化时，她意识到，根本不存在第三性。

然后，游戏停止了。事实上，一切都停止了。玛丽卡不再和莱拉来往，也不再到校园里来。莱拉觉得，玛丽卡一定是终于意识到，她不应该和智障孩子一起玩。现在，她们偶尔在院子里或街上相遇，每次都打招呼。有时候，莱拉看着长大了的玛丽卡，梳着像其他有家有父母的女孩一样漂亮的发型，她会疑惑那一切是否真的发生过，抑或只是她想象出来的。

玛丽卡朝他们走来。

"你要去哪里？"莱拉问。

"我有一堂英语课。"玛丽卡带着温暖的微笑回答道。

她的赤褐色头发在肩膀上跳动着。她向前走了。

莱拉吃起腰豆馅饼来。伊拉克利也咬了一大口。

"她到底说了什么？"莱拉问。

"她说她下周会来。她说她上次就是这么告诉我的。"

莱拉轻轻拂去腰豆馅饼上的一块报纸碎片，如同扫去一只昆虫，然后咬了一口。

"你为什么一直为她辩护？你知道她不会回来的，但你还是一直打电话，弄得自己像个白痴一样。"

伊拉克利用牙齿又撕下一小片。

"我是说，你想怎样都行，"莱拉说，"但如果是我，我不会一直给她打电话的。"

他们绕道去买香烟。扎伊拉生病了，她的小卖部关门了，所以他们往前走了一段路，去了更远处的小卖部。

太阳高悬在天空中，一切都沐浴在明亮的白光中。轻风吹过树枝，抚摸着叶子，细长的阴影悠闲地跳跃在柏油路上。仿佛所有人都收拾家当离开了。除了偶尔经过的汽车和小巴士在路上嘎吱嘎吱地行驶，扬起尘埃，街道上空无一人。

他们停在一家破旧的小卖部前，里面只卖煤油、火柴和香烟。虽然开着，但看不到店主的踪影。旁边一个穿着运动裤和人字拖的男人站起来，走进小卖部后面的院子。几分钟后，他走出来，领出一个略显苍老但精神矍铄的老妇人，应该是他的母亲。她走进了她那小小的小卖部。莱拉要了几支香烟，付了钱。

那个晚上，一辆汽车停在大门前。莱拉走过去，看见科巴坐在这辆擦得一尘不染的车的驾驶座上。他摇下车窗，看着站在大门旁边的莱拉。他似乎变了。塞尔格被撞时他所表现出的不安都不见了。

他打量着莱拉。

"你好吗？"他问道。

"挺好的。"

"塔里尔去哪儿了？"

"他不在这里工作了，现在换我了。"

"是吗？那真不错。"

莱拉等着他开车进来，这样她就可以关上大门。他似乎不急着走。

"那么，我什么时候能载你兜兜风呢？"

"不知道。我很忙。"

"哇，你一直都很忙吗？"

科巴摇了摇头，勉强笑了笑。他开车进来。院子里只有一条瘦弱的狗，它发出一声嘶哑的吠叫，然后躺倒在松树下被踩实的地面上。

莱拉回到门房。科巴停好车，关掉灯和引擎，下了车，穿过月光照耀的院子，朝着大门走去。他走近门房，敲了敲窗户，紧接着打开了门。他看见莱拉坐在床上，正抽着烟。

"我不是让你白做这事，我会给钱的。你要多少？"

莱拉沉默着。科巴站在门口摆出牛仔的姿势，但他太瘦了，还穿着红色棕榈树图案的衬衫和牛仔裤，看起来更像是从另一个苏联国家来的游客，误入了第比利斯。

"怎么了，上次你不喜欢吗？"科巴问道，露出那种奇怪的歪着嘴的笑，掩饰自己烂掉的门牙。有时，他会在不经意间咧开嘴笑，在意识到之后匆忙地闭上嘴。

"所以，你怎么想？我带你兜风，然后送你回来。我会给钱的。我可不是要你白做，我不是那种人。"

"不是吗？"莱拉说道，"那你是什么样的人？"

科巴看起来有点困惑。他在原地换了下脚，僵硬地笑了笑。

"至少考虑一下吧。"他说完便离开了。

莱拉关上门，深深吸了一口烟，吐出烟雾，看着烟雾随着科巴脚步的回声升腾、消散。

一周过去了，又过了几天，伊拉克利的母亲仍然没有任何消息。

莱拉带着伊拉克利去了隔壁的公寓楼。他们看见戈德兹正躺在他的车底下做维修，一群年轻人站在一旁观看。科巴也在那里。在地上滚来滚去的戈德兹看起来像一头浑身是毛的野兽：他的T恤掀到胸部，露出了长满浓密而卷曲的毛发的肚子，毛发朝着各个方向生长。科巴没有跟莱拉打招呼。事实上，他假装没有注意到她。

梅齐亚打开门。她仍然面带微笑。一阵和煦的春风透过敞开的窗户猛地吹进来，门后的帘子剧烈地抖动着。

他们还像以前那样坐：伊拉克利在凳子上，莱拉在边柜上。

伊拉克利拨号。电话打通了，但没有人接，于是伊拉克利打给了邻居。一个男人接了电话。

"请问可以和英伽通话吗？"伊拉克利问道。

长时间的寂静，然后一个女人接过电话。听起来不像是伊拉克利的母亲。

"你是谁？"

"我是伊拉克利，英伽的儿子……"

"噢，你好，伊拉克利。你还好吗，亲爱的？我是娜娜·伊芙丽塔——还记得我吗？"

"记得。"

"伊拉克利,你妈妈不在这里。她在希腊。她叫我告诉你她会回来的。她打算带你去那边和她一起生活。"

这个女人说得很大声,莱拉觉得她一定是忘记了自己手中有电话,想要声音足够大,好让对方听到。

伊拉克利沉默了一会儿。

"她什么时候回来?"

"她说她还不知道。她需要先找到工作,你知道的。不管怎么样,你好吗,亲爱的?"

"好。"

伊拉克利坐在那里,弓着背,一只手握着电话听筒,另一只手支在膝盖上。莱拉看着他垂下的眼睛,第一百万次被他那卷翘的长睫毛所吸引。

"亲爱的,如果英伽打来电话,我要告诉她什么?你想要我给她捎个口信吗?"

伊拉克利思考了一会儿。

"问她什么时候回来吧。"

"好的,我会问的。"

"好的。"

"保重,伊拉克利,尽量不要担心。再见。"

伊拉克利挂上电话。

"好了吗?"莱拉说。

"好了。"

当他们离开时,梅齐亚朝他们微笑,并偷偷往他们的口袋里塞了几颗水果糖。

他们沿着路默不作声地走着,直到伊拉克利突然问道:"你觉得她真的走了吗?"

莱拉剥开一颗水果糖。

"可能吧。"她说,从包装纸中咬出那块黏糊糊的糖。她把另一颗递给伊拉克利。"尝尝吧,很好吃。"

"我有自己的。"他说。

他们继续走着。伊拉克利低头看着地面。他白皙的耳朵在夕阳的余晖下看起来像半透明的红叶。

1　伊卡,伊拉克利的昵称。

3

"凯尔奇街的英雄"还未诞生,至少现在还没有。凯尔奇市花了三十一年时间才荣获"英雄"的称号。或许有一天,这所臭气熏天、摇摇欲坠的学校中的某个孩子也会被授予这个称号。如果那一天真的到来,毫无疑问,学校里的首批英雄将是基里列和伊拉。

几年前,他们离开了这里——基里列先离去,五年后,伊拉离开——时间越久,就越难相信如此有才华、有成就的人曾在这里生活过。莱拉和其他人从老师那里听说了关于他们的一切。

基里列并未立刻断绝与学校的联系。莱拉当时还年幼,但她记得他曾来过。他又高又瘦,驼着背,是个典型的金发俄罗斯少年，声音平静，步伐从容。他穿着喇叭裤，远远看去，会让莱拉想起苏联老动画片《不莱梅的音乐家》中的一个角色。她无法忘怀那个画面：基里列走在路上，弯着身子，摆动着双臂，一只手提着袋子。他看起来像个下班回家的疲惫老人。孩子们会跑出来迎接他，不管他们认不认识他。基里列会微笑着打招呼，从袋子里拿出糖果分给大家。达莉看着，眼中含泪，为他成为这样一个出色、正派的人而骄傲。基里列与众不同的地方在于，他以优异的成绩从学校毕业，进入了大学，然后找到了一份工作。尽管他起初住在这所学校里，但他是个潜力无限的学生，于是他们把他送去了一所"正常"的学校，在那里，他考得很不错，名列前茅。每次基里列回这所学校来看大家的时候，他从不会待超过一个小时。他的脸上写满疲惫和忧郁，好像背负着沉重的担子。很明显，他的生活充满了忧虑和痛苦。

后来，像其他许多人一样，基里列消失得无影无踪。有人说他去了俄罗斯，还有人说他被杀了。没有人确切地知道。渐渐地，关于基里列的神话被遗忘了；很快，连达莉也不再提起他。

第二位英雄无疑是伊拉，一个金发姑娘，她的父亲是格鲁吉亚人，母亲是俄罗斯人。她的父亲离开了她的母亲，母亲又离开了自己的孩子们。伊拉可以随口说出她众多兄弟姐妹中的每一个各自在哪个寄宿学校或儿童之家。她迷人又优雅，是那种可以随意地走进隔壁院子的女孩，没有人会怀疑她与"白痴学校"有关。和基里列一样，她以优异的成绩从学校毕业，后来进入大学学习法律。不过，伊拉的英雄主义更进一步。她将自己的母亲告上法庭，想要剥夺母亲对她的监护权，奇迹般地，她赢了。她带走了最小的弟弟，出于某种原因，这个弟弟以前被母亲留在身边；伊拉独自扶养他。达莉喜欢伊拉的故事。每每想起，眼泪就会涌上她的眼眶。

莱拉永远记得伊拉。最终，伊拉结了婚，把头发剪短，但她仍然会不时地回来看大家。她还跟以前一样，快活，迷人。她穿着皮质短裙和露脐上衣，跑到操场上和孩子们一起踢足球，身手矫健地铲球，冲向球门，大声笑着，无忧无虑。

迄今为止，基里列和伊拉是学校培养出的仅有的未来的英雄。孩子们总是为他们的故事深深着迷。他们问，如果基里列和伊拉跟他们一样迟钝，那他们是怎么完成学业的？他们是怎么学会学习的？老师们告诉他们，学校里的一些孩子，比如格利亚和斯特拉，其实并不迟钝，只是因为儿童之家已经满员，或者因为这里拥有较好的设施（比如大院子和操场）以及优秀的教职员，才到这里来的。

还有其他一些人，他们也许永远不会被认为是英雄，却在学校的历史中脱颖而出。

莱拉记得马塞尔，一个来自巴统的十五岁黑人男孩，难以驯服，脾气火暴。似乎没有人知道他是如何来到第比利斯的。对于当地人来说，除了在电视上，他们从未见过黑人，马塞尔就像博物馆里的展品一样。整个格尔达尼的人都赶来了，透过学校的篱笆盯着他，喊着："嘿，老黑，过来！"马塞尔会弯下身，捡起一把石子扔向他们，或者趴在篱笆上，像被囚的野兽一样，抓、嚎、吐。

马塞尔引起了莱拉的兴趣。他根本不理会老师，随心所欲地做自己想做的事情。他只与莱拉说过三次话，但每一次都镇定自若，表达清晰。

第一次，马塞尔在食堂里走近她，问厨师是不是把死苍蝇放在了饭菜里。第二次，他们在院子里，他问起公共汽车的路线。第三次是在一个夜晚。莱拉睡不着，便到院子里去抽根烟。一开始，她没有注意到黑暗中的他。接着，他吹了声口哨，她才发现他坐在云杉树下的长凳上。他向她招手，示意她过去，然后要了一支烟。

她坐在他旁边的长凳上。他们默默地吸烟。马塞尔深深地吸了一口又一口。当他吸完之后，莱拉又递给他一支烟。他接过烟，起身走开，然后转过头问莱拉："海离这里近吗？"

她回答："不近。"他再次转身离开，事情就这样结束了。几天后，他们把马塞尔带走了。莱拉不知道他被带去了哪里，也不知道为什么他会被带走。

还有阿克萨娜，一个拥有金发和蓝眼睛，笑容灿烂的漂亮女孩，与学校里的其他女孩不同，她拒绝穿得像个女汉子一样。她喜欢穿紧身裙和轻盈的连衣裙。她经常和附近的小伙子们一起神秘失踪，然后带着满口袋的糖果和小玩意回来。

在学校之外，如果有人提起阿克萨娜的名字，常常是说她"操过半个格尔达尼的人"，或者把玩某人的鸡鸡就像那玩意是个"珍宝珠棒棒糖"。但她总是面带微笑。莱拉只见她哭过一次。那天，莱拉正骑着玛丽卡的自行车在学校附近的路上转悠，这时她看到阿克萨娜从轻工业学院后面的院子里走出来。阿克萨娜在哭。莱拉问是谁惹了她，阿克萨娜抽泣得更厉害了，嘴里一直重复着："混蛋，混蛋。"

莱拉用玛丽卡的自行车载她回了学校。阿克萨娜一跳下车后座，就和学校里那群孩子打成一片，笑容又回到了她的脸上。

后来的一天，阿克萨娜突然不告而别，就像之前消失的许多人一样，仿佛从未存在过。

接着是伊洛娜，一个自由自在、无拘无束的罗姆吉卜赛女孩，没有人管得了她。当一名记者来参观学校时，伊洛娜告诉记者，瓦诺操了她。蒂尼科没有理她，但记者花了一些时间在学校里调查，想知道究竟发生了什么，她还拍摄了孩子们的影像，蒂尼科没有反对。莱拉记得，蒂尼科对记者说了阿克萨娜的事情，说她不是学校里唯一走上那条路的女孩。蒂尼科解释说，学校根本阻止不了她，一旦她出了校门，学校就无从知道她在干什么了；这些人已经成年，不再是孩子了；这是他们的天性；他们也想要，尤其是如果有糖果和礼物的诱惑。记者仔细听着。她与孩子们交谈，问他们问题，记录了他们的回答并做了大量笔记。然后，出于某种原因，记者也突然消失了，带走了蒂尼科和伊洛娜所说的一切。

伊洛娜离开了，开始在车站乞讨和卖身，至少孩子们是这么听说的。他们听说她搬回了洛特金街的父母家。他们听说，有一天，伊洛娜的父母吵架，她的母亲和小弟弟躲进了壁橱，她的父亲拿出枪，打空了整个弹匣，子弹射穿了壁橱门，击中了他的儿子。事发后，伊洛娜的父亲带她去了俄罗斯，之后就再也没有她的消息了。

还有一个名叫娅娜的女孩。莱拉对她记忆很深，她们同岁。娅娜骄傲而自信。她不停地谈论她的父母和祖母，他们都已经去世，但最重要的是她的叔叔，她唯一的在世的亲戚，她确信，她离开学校后，叔叔会照顾她的。按照娅娜的说法，她的父母把公寓原封不动地留给了她，等她满十八岁，就可以继承这份遗产。她是那种无论什么情况下都能表现得体的人。她不打架，不骂人，从不抱怨或生气，尽管她看起来也并不特别快乐。

有一天，娅娜邀请莱拉一起去隔壁的公寓楼。那天是元旦，外面冷得刺骨；孩子们都挤在室内取暖。街上空无一人，只有几条饥肠辘辘的狗。娅娜带着莱拉进了隔壁的院子，然后卷起袖子，在垃圾桶里翻找起来。莱拉也跟着翻了起来。就在那时，三楼的一个女人打开了窗户，招手示意她们过去。娅娜和莱拉走到楼底下。那女人消失在窗户里，两个小女孩探出头来冲娅娜和莱拉喊话，让她们等一等。过了一会儿，那女人再次出现，她把一个篮子放在窗台上，将一根绳子绑在篮子的提手上。接着，她小心翼翼地把篮子降下来。莱拉和娅娜站在那里，心怦怦跳着，等待着篮子落下来。篮子越来越近，她们看得越来越清楚：那里面塞满了糖果、蛋糕、干果、核桃蜜饯和柑橘。

"拿着吧！是给你们的！"一个女孩喊道。

娅娜接过篮子，解开绳子，两人飞快地跑回了学校。

当莱拉和娅娜提着篮子跑进来时，其他孩子简直不敢相信自己的眼睛。很快，除了柑橘皮，什么都没剩下。莱拉至今仍记得那块蛋糕有多美味。几年后，小卖部里有了从土耳其进口的巧克力，她有时会买玛氏或士力架，但总觉得再也没有什么能比那块蛋糕更好吃。

不到一个小时后，娅娜告诉莱拉，她们得去还篮子了。

娅娜从电视室出来，带着其他几个孩子。莱拉不明白娅娜为什么带上他们，这些孩子基本上要么行走困难，要么话都说不清。娅娜领着莱拉和其他五个孩子，来到隔壁的公寓楼。

开门的小女孩看到这么一大群孩子时，满脸惊讶。随后，那女人来到门口，邀请孩子们进去。

这是莱拉一生中第一次受邀参加一场苏普拉[1]。餐桌放在了阳台上。女人摆上碗盘、刀叉，甚至还有餐巾，然后端出了一道道莱拉从未见过的美食：炸鸡、核桃酱、奶酪烤饼、葡萄叶包饭、蛋糕、焦糖核桃饼、面包、烤果干、汽水和炖榅桲。

孩子们坐下来吃饭。角落里的电视正在播放新年音乐会，孩子们吃着饭，女人问起他们新年过得怎么样。她想知道学校是否已经迎来了新年的第一位访客，然后她告诉他们，娅娜是新的一年第一个来到她家门口的人。撑得说不出话来的娅娜听到这里，受宠若惊地笑了。女人的女儿们问，学校里有没有新年树。她们在阳台的角落里放了一棵假树，树下铺满了棉花，仿造成雪的样子。最小的女孩按下树底的按钮，树慢慢地旋转起来。孩子们鼓掌欢呼，目不转睛地盯着树枝上挂着的玩具和装饰品，当树转动时，他们在一串串闪亮的圣诞树装饰球上看到了自己的倒影。

吃完后，女人把剩下的食物装进空篮子里，让孩子们带回学校。这就是娅娜，这个女孩能够出去翻垃圾桶，然后带回满满一篮好吃的东西——不止一次。后来，娅娜病倒了。没人知道她怎么了。有一天，来了一辆救护车，把她带走了。她面色苍白，很虚弱，无法进食，也无法言语。然后他们听说娅娜搬去了她叔叔家，不会再回来了。

和莱拉一样，娅娜现在也有十八岁了。莱拉想知道娅娜有没有住进她父母的公寓，是不是还跟以前一样，扣紧衬衣领口的扣子。或者，她是否还活着。

莱拉记得的所有学生一个接一个地离开了学校。时代变了。过去，孩子们似乎更叛逆，更爱打架、逃跑。如今一切都平静多了。没有什么新生会来了，莱拉是唯一一个留下来的老生。

因此，她在学校里拥有至高的地位。没有人指挥她该做什么，也没有人欺负她。当莱拉还是一个躲在老师裙子后面的小女孩时，她永远无法想象，有一天，她会不再害怕任何人。然而，正因为已经没有需要害怕的人，她的生活似乎失去了锋芒，时间本身也显得迟缓。

某些孩子的离开终结了一项残酷的传统，一种"游戏"，莱拉从未参与其中。仅仅目睹那一切已经让她感到恐惧。莱拉在马塞尔时期亲眼见过。年长的孩子们会抓住一个新来的女孩或是一个十几岁的女孩，把她拖到梨地里去，交给一个好色的男孩，他会把她推倒在地，然后强奸她，而其他孩子，无论男女，都会抓住她的胳膊和腿，按住她。女孩的哭声让莱拉的心快要从胸膛中跳出来了。孩子们会用手掌捂住女孩的嘴，不让她尖叫。看到女孩躺在那里，莱拉心中充满了恐惧：张开的双腿，脸上的抓痕，还有那血迹……男孩完事后站起身来，孩子们溜回操场上，继续玩闹，留下那个女孩躺在地上。接着，她也站起来，整理衣服，独自待上几分钟，然后回到其他孩子中间，若无其事。这个游戏的受害者通常是那些穿短裙或连衣裙、留长发的女孩。

苏联解体之后，学校里的一切开始崩溃，从坏掉的水龙头开始，一直到那个坍塌的阳台。学校开始接收人道援助和二手衣物，这是以前从未发生过的，但只有很少一部分会真正送到孩子们手中。蒂尼科将大部分物品"重新分配"到自己的口袋里，如果主管物资分配的官员还没有这样做的话。

学校的教师也开始减少。老一辈中只有蒂尼科、达莉、瓦诺和古尔纳拉留下来了。如今，新的教师来了，教了几节课，意识到学校没有什么可以提供给他们的，又离开了。也没有新的孩子了。也许今天的父母不太愿意抛弃自己的孩子，或者也许有更好的学校可以供他们遗弃子女。也许傻瓜们现在不再出生了。

所以，当有一天大门打开，一个三十多岁的衣着整洁的女子带着一个九岁上下的女孩走进来时，所有人都惊讶极了。那个女孩看起来很聪明，被照顾得很好，但也很紧张，充满戒备。莱拉抚摸着小女孩的头发，然后把她们带到了蒂尼科的办公室。蒂尼科正等着她们。那个女子解释说，这个小女孩是她丈夫的亲戚。因为失去了父母，小女孩由奶奶抚养长大。现在，女孩的亲戚们决定把她留在这所学校里。

在一大群孩子的陪伴下，蒂尼科带着她们参观学校。

"你喜欢这里吗，诺娜？"女人带着一丝勉强的微笑，低头看着小女孩，"看看这个大院子多大啊！"

"浴缸和淋浴都在这里，"蒂尼科说道，"这里也是他们洗衣服的地方。整个场地都是我们的。孩子们可以在户外尽情呼吸新鲜空气。那边是食堂……"

"你不会觉得无聊，对吧？看，这么多可爱的孩子！"

女人转身看着孩子们，做出一种夸张的惊讶表情，好像是第一次真正看到他们一样。

"噢，看啊！他们多可爱呀！"女人走到站在前排的斯特拉身边，捏捏她的脸颊，问道，"你叫什么名字？"

"斯特拉！"她开心地回答。

"噢，你真是太可爱了！"女人说着，抚摸着斯特拉的脸颊。斯特拉害羞地脸红了，露出了灿烂的微笑。莱拉不明白为什么这个女人要把一个这么漂亮且显然备受喜爱的女孩留在这所学校。

"每个周末我们都会来看你。如果我们来不了,你可以来找我们。"女人说着,抱了抱诺娜。女孩显得有些尴尬,迟疑地将双臂绕在女人身上,好像她们才认识不久一样。

接下来的几天,伊拉克利感到有些不安。他意识到诺娜是竞争对手。莱拉把诺娜带在自己身边。她将一个孩子换到了女生宿舍的另一个地方,把诺娜的床安排在窗边的最佳位置。其他孩子都迫不及待地想看看诺娜的小手提箱里有什么。诺娜给他们看,而莱拉则警惕地注视着,确保没有人会拿走东西。斯特拉被诺娜彻底迷住了,诺娜给了她一件自己的裙子。从那一刻起,斯特拉不再只穿着裤子四处跑了;现在她不但穿着裤子,外面还套一件粉色的褶边针织连衣裙。

下午时分,孩子们已经吃过午饭。今天是瓦诺值班,这意味着一切都会顺利。

这是一个风和日丽的日子,孩子们正在踢足球。隔壁公寓楼的一些孩子也过来参加,大大增加了比赛的激烈程度。伊拉克利兴奋异常,踢得满头大汗。就连平时沉默寡言的格利亚踢起球来也和从前判若两人。他大喊大叫,挥舞着双臂,如果学校的孩子进了球,他会高兴地扑倒在地上,打着滚儿欢呼。

比赛以"正常"孩子的胜利结束。孩子们散开了。裁判莱拉发现,诺娜不见了。

"伊拉克利,"她说,"你见到诺娜了吗?"

"没有。"他答道,朝饮水器跑去。

"瓦诺把她叫进去了。"有个孩子说。

莱拉快步赶往学校大楼,她看到瓦诺正走出来,诺娜跟在他身后。瓦诺手里拿着班级名册和一本看起来像课本的东西。诺娜也拿着一本书,紧紧地抱在胸前。

"你可以自己留着那本书。现在去玩吧。"瓦诺说完,走下了台阶。诺娜只是站在那里,茫然无措,好像不知道接下来该去哪里。

莱拉盯着诺娜,看出她哭过。她脏兮兮的脸上挂着泪痕。莱拉怔在原地,满腔愤怒,喉咙灼烧,心跳得厉害。她盯着瓦诺,而瓦诺已经走到操场中间,正朝饮水器走去。

莱拉站在原地一动不动。诺娜仍然站在台阶的顶上,仍然紧抱着书,仍然穿着她来时穿的那件连衣裙,尽管现在它已经又破又脏了。她原本梳得整整齐齐的发辫现在松散开来,一团凌乱。

"这不就来了嘛,"瓦斯卡说着,从莱拉身后经过,"新来的孩子就在那儿呢。"

他在饮水器旁坐了下来,瓦诺还站在那里,大口大口地喝着水。

诺娜开始小心翼翼地走下台阶。莱拉凝视着她,试图解读她的表情,试图理解她脸上那种神情的含义。诺娜看着跟以前没什么两样,只是现在的她就像她的连衣裙一样,看上去破碎了、脏了、泪痕点点……瓦诺喝完了水,转身走了。

瓦斯卡看着瓦诺走开。随后,瓦斯卡坐在了人行道上。他用T恤下摆擦了擦脸上的汗水,然后对诺娜喊道:"快枪手,是吧?"他大笑着。

诺娜并不明白,她继续下台阶。

莱拉连想都没想,她冲向仍坐在人行道上的瓦斯卡,照着他的脸狠狠地踹了一脚。瓦斯卡措手不及,摔在地上。莱拉一脚又一脚接连不停地踹他,瓦斯卡根本无法招架。

其他孩子从四面八方跑过来。一个孩子惊慌地喊道:"她在打瓦斯卡!她在打瓦斯卡!"

瓦斯卡手脚并用,挣扎着爬了起来。

"你这混蛋,你说什么?"莱拉吼着,猛捶瓦斯卡的胸膛,"你说什么,你这个小混球?再说一遍!"

瓦斯卡的鼻子流血了。

"什么都没说!你怎么了?"

"怎么了?我会让你知道怎么了。现在告诉我你说了什么!"

瓦斯卡努力挣脱。

"他说了什么?他说了什么?"其他人问道。

莱拉又一次扑向瓦斯卡,而瓦斯卡以为已经了结,正用T恤擦去鼻子上的血。几个孩子努力把莱拉拉住。她感觉到有人抓住了她的胳膊。伊拉克利,只到她肩膀的高度,他直视她的眼睛,大声喊道:"莱拉,住手,住手!"

她惊讶地看着伊拉克利,虽然她不太明白为什么。她停下来,深深地叹了口气。瓦斯卡走到饮水器旁,洗去脸上的血。其他孩子跟着他走了,只留下莱拉和伊拉克利,两人孤零零地站在那里。

一周后,一个从村里来的亲戚过来接诺娜。她很年轻,但脸上刻满了岁月的深痕。诺娜不认识这个女人,但还是跟她走了。女人向蒂尼科出示了一些文件,签了几张纸,带着诺娜、她那脏兮兮的连衣裙还有那个小小的手提箱,永远地离开了学校。

莱拉给她们打开大门,送她们出去。云杉树下,斯特拉坐在长凳上哭泣。

1　苏普拉,格鲁吉亚传统宴席,举办者会提供大量格鲁吉亚传统美食,至少有八到十种不同的菜肴,还会提供葡萄酒和特色饮品。

4

莱拉梦见她带着塞尔格，而不是伊拉克利，去打电话。塞尔格把蒂尼科的粉红裙子夹在胳膊下。他们走上楼梯，莱拉问他到底打电话给谁，毕竟他没有母亲，毕竟他什么人也没有。塞尔格什么都不说。他走到门前，按下门铃。

梅齐亚邀请他们进门。她似乎对莱拉带来的是塞尔格而不是伊拉克利一点也不意外。她把他们留在门厅里。塞尔格拿起听筒，开始拨号，但这不是本地的号码。不是六位数，而是七位、八位、九位，甚至更多。他耐心地转着拨号盘，号码似乎永无止境……莱拉问他打到哪里，但塞尔格没有回答，一直在拨号。梅齐亚的女儿蜷缩在地板上，仿佛一块被丢弃的抹布。每个人都假装没看到她。她轻声呻吟，悲惨地向前探着头，像是那些病床上的可怜孩子。莱拉注意到女孩的小痣已经长大，蔓延到了半边脸上。突然，警察毕鲁兹从另一个房间走了出来，一脸沉思，梅齐亚跟在他后面。他走到门口，看起来疲倦而烦忧。梅齐亚打开了门。毕鲁兹犹豫了一下，然后耸了耸肩。

"我们这里没有这种事情。他们是不是疯了？"他说完就离开了。

梅齐亚关上门，这时莱拉注意到她的后脑勺有一道巨大的裂口，正流着血。莱拉惊恐万分，但她没有醒过来，紧接着她就和塞尔格出现在了外面的街上，伊拉克利也在。他们要迟到了，匆忙地赶着路，快到学校大门时，他们看到了一群当地居民和学生，路边有一辆公共汽车，人们在等待。像是一场葬礼。随后，瓦诺和蒂尼科走出了大门。蒂尼科抓着瓦诺的胳膊。她看起来虚弱无力，很不舒服的样子，拖着两条腿，几乎走不动路了。她轻轻地呻吟着，炎夏的微风吹来，把她的声音吹进了那群庄重、寂静的人中间。莱拉突然意识到，这是蒂尼科的葬礼。她穿着塞尔格夹在腋下的那条粉红裙子。裙子的右半边沾满了血。扎伊拉也在那里，还有奥拓和雷瓦纳，以及脸上挂着那抹傻笑的瓦斯卡。雷瓦纳走了过来。

"蒂尼科被操得太厉害了,她都走不了路了!"他笑着说。

伊拉克利说:"滚开。"

到了去墓地的时间了。瓦诺和蒂尼科慢慢地朝公共汽车走去,就像抬棺材的送葬人一样。扎伊拉走到蒂尼科面前。

"想想吧,你说那条裙子不适合你穿!"她愉快地说道。

公共汽车发动了。莱拉看到阿克萨娜站在后窗边,对着她微笑。她感到有人在她肩膀上轻轻碰了一下。她转过身来,看到了蒂尼科。莱拉吓了一跳,她想告诉蒂尼科,你应该到公共汽车上去,但话卡在喉咙里,让莱拉喘不过气。蒂尼科开始更用力地捏住莱拉的手臂。"你看,现在我们有麻烦了……如果委员会决定来调查我们……"蒂尼科捏紧莱拉的胳膊,不肯松开,莱拉想要喊出来:"放开我!"但声音卡在了她的喉咙里……她竭尽全力,发出嘶哑的声音,紧接着是一声野兽般的咆哮,把她惊醒了。

她站起来,浑身汗湿,摸到低矮的天花板上的电灯泡,拧了一下。她听到金属螺纹的摩擦声,一束昏黄的光线在门房里洒下。

莱拉在床上坐了片刻。她只穿着T恤和内裤。她把手指插进头发里,深吸一口气。梦境在她脑海中闪现。她仍然能感受到那种恐惧。她穿上裤子，用脚在地上摸索到鞋子，然后走了出去。

莱拉坐在云杉树下的长凳上。她抽着一支烟，逐渐平复下来，心里想着，做那样的梦是不是意味着她真的疯了。她望着长凳，一块木板的两端揳入两边树干上凿出的深槽中。这是院子里唯一的长凳，在大家的记忆中，它一直在这儿。两棵云杉树还活着，还在生长，拼命地合拢它们被凿开的树干，让土壤中的养分到达上层的枝叶；这块木板把这两棵云杉锚定并连接起来，让它们被人类俘虏，被彼此俘虏，注定要与一个外来的物体永远生活在一起，它已深嵌在它们的树干中。

莱拉起身，踱起步来。月亮将院子照得像白昼一样明亮。学校的建筑物被黑暗所笼罩。四周一片寂静，只有几辆车停在前院，有辆老拉达已经停在那儿多年，没有主人，也没有人把它拖走，它被遗弃在那里，上面落满鸟粪，破败不堪。莱拉盯着它看了一会儿，直到她的注意力被马路上疾速驶来的车的灯光所吸引。她想到了塞尔格。远远地，传来一条狗轻轻走过柏油路的声响，还有一个深夜回家的男人弄出的声音。

莱拉扔掉烟蒂，回到自己的屋子。她从墙上的一个钉子上取下一件T恤，挥散一群飞舞的小虫，小心地拧灭发红的炽热灯泡。黑暗笼罩着她。她躺下。渐渐地，她周围的事物浮现出来，清晰起来：门、窗户和桌子，窗外的云杉枝条在微风中摇曳，投下的影子一同摇摆着。她缓缓沉入睡梦之中。

第二天早上，莱拉被一个孩子的哭声吵醒了。她迷迷糊糊地起了床，匆忙穿上衣服，走了出去。太阳已经高悬在天空中。昨夜一定下过雨，她的皮肤能感觉到早晨的空气凉爽宜人。大门旁边站着一大群孩子，好奇地张望着，看看是谁在哭。莱拉赶紧走过去，把他们推到一边，她看到一个年轻女人站在门外，手里拉着一个五岁上下的男孩，他紧紧抓着她的手，哭得很大声。

"那我就把你丢在这儿好吗？这是你想要的吗？"女人问道，用力甩手，试图摆脱他。

"不——不要！"男孩哭叫着，尽全力抓住他母亲。他有一双大大的黑眼睛，留着短短的刺猬头。他们住在隔壁的公寓楼里，这已经不是她第一次这样带儿子来门口了。

"好好看看！这些孩子也不听话，所以他们的爸爸妈妈把他们送到了这里！"她指着这些孩子说，他们正瞪大了眼睛透过大门望着这对母子。

"怎么着？你还会不会再犯了？"

"不会了。"男孩含泪说。

"别怕！我们不会吃了你！"雷瓦纳喊道。孩子们笑了。莱拉注意到瓦斯卡站在雷瓦纳身旁。他的脸上布满紫色的瘀伤，还有一个大大的黑眼圈。

那个小男孩放声大哭起来。

"那怎么着？我是把你留在这里，还是带你回家？"她转向那些孩子，隔着栅栏夸张地喊道，"孩子们，你们的老师在哪儿？我给你们送来了一个新的孩子！"

男孩哭得更大声了，紧紧抱住母亲的腿。女人努力忍住笑，温柔地拍拍他。"好了，好了，没事了。这次我不会把你留在这里的。但你得听话。"

男孩的声音颤抖着："我会听话的。"

他们回家去了。

孩子们散开了，大都跑去了食堂，因为第二天戈德兹将在那里举行婚宴。社区的婚礼和丧礼通常都在这所学校里举行。毕竟，谁的家里有那么大的地方来招待五百个客人呢？孩子们都受到了邀请，他们欣喜若狂；对他们来说，难得有机会做东道主。

从隔壁公寓楼过来的女人们正在厨房里忙碌。她们跟维内拉和戈德兹的关系不是特别亲近,但按照传统,当楼里有人去世时,邻居们会组织丧礼,当有人结婚时,就组织婚宴。

女人们提前做着所有能提前做的事。明天她们会准备热菜。人们在隔壁公寓楼和学校之间来回穿梭,不过是通过相邻的院子,而不是走大门。奥拓把围栏上的口子加大了,方便女人们挤过去,不会被铁丝网勾住衣服。她们穿过操场,沿着梨地旁边的小路前行,到达食堂的时候,她们会发现一大群孩子聚集在那里,迫切希望领到一些任务。

莱拉在食堂里,她把大锅从架子上取下来。与此同时,科巴和其他男孩们正忙着把租来的一箱箱餐具搬进来。伊拉克利走在前面开路。

"嘿,莱拉,"伊拉克利说,"你能出来一下吗?"

莱拉匆匆跟上他,踏上梨地边的小路。

"快点。"他说道,指指前方的梅齐亚,她正要回家拿她的核桃研磨机。

"梅齐亚要回家拿东西,"他加快脚步,"她可能会让我们用一下电话……"

"你是不是脑袋被门夹了?"莱拉生气地说,"你打不了电话,因为她去了希腊,白痴。"

"我要给伊芙丽塔打电话。她可能有妈妈的电话号码。如果没有……那我就不打了。"

伊拉克利穿过围栏上的缺口。他回过头,看到莱拉仍然站在学校的操场上,紧盯着他。

"那你还要我干吗?去给她打电话呀!"她转身开始往回走。

"莱拉,拜托你了!"伊拉克利喊道。

她转过身来,透过围栏的缺口看着伊拉克利。远远地,她看到梅齐亚大步走进了公寓楼。

"就这一次,莱拉。我发誓再也不会麻烦你了!"

莱拉看着伊拉克利那双大耳朵和急切的表情,忍不住笑了起来。

"最好别再麻烦我。"她说,然后穿过了围栏。

他们在楼道里碰见了梅齐亚。她带他们进屋,拿出小凳子,然后消失在厨房。

伊拉克利打给了伊芙丽塔,请她告诉他,母亲在希腊的电话号码。莱拉向梅齐亚要了一支笔和一张纸，写下伊拉克利念出来的号码。

伊拉克利说了再见，挂断电话，然后盯着那张纸看了一会儿。

"给我念一下。"他坚定地说。

莱拉朗读出号码。

伊拉克利拨号。电话被接了起来，莱拉听到一个熟悉的声音。

"妈妈，是我。"伊拉克利有气无力地说。

"伊拉克利！"她说，听起来既高兴又惊讶，"你好吗？我还是没能回家，对吧？事情太疯狂了……我一直这么忙，有这么多事情要做……而且我没有钱回家……但我马上就要开始工作了，然后我就会有足够的钱回去了。我应该寄给你一些礼物，不是吗……"

"你什么时候回来？"伊拉克利问。

"我刚开始一份新工作。我需要存点钱，然后我就会回来……"

沉默。

"伊拉克利，你知道我爱你，对吧？别生气。现在这样更好……"

伊拉克利的眼里充满了泪水。他用力揉揉眼睛，试图止住泪水。他的脸涨得通红，紧皱起眉头，但没有发出声音。他就那样坐在凳子上，一言不发。

莱拉夺过电话，对着话筒大喊："这样更好，是吗？你这个贱人，把孩子丢下，自己出去逍遥！你算什么母亲？你这个该死的废物！别再对他承诺你会回来！别再承诺了，你这个可怜的婊子！"

伊拉克利难以置信地看着莱拉。莱拉身体前倾，一手拿着话筒，另一只手支撑在膝盖上，坐姿跟伊拉克利一样。

电话里传来声音："喂？喂？你是谁？"

"关你屁事！听着，你别再骗他，不然我会到希腊去，亲手把你的嘴堵住！"

她砰的一声挂断了电话。

"走吧，我们走。快点！"她说，好像她以为伊拉克利的母亲会追上来似的。"谢谢！"莱拉在离开时大声喊道。

他们默默无言地往学校走。伊拉克利在哭泣。

"你这个大宝宝，哭什么？"莱拉加快步伐，"难道你还不明白吗？她不会回来的。她就是不忍心告诉你而已！我告诉过你她不会回来，可你就是不听！你到底需要母亲干吗？你会走路，会说话，会吃饭！你早就长大了，天哪！"

他们一踏入学校的院子，关于伊拉克利母亲的所有思绪就都被抛到了脑后。学校来了客人，一个叫玛朵娜的女人，正用一台小小的银色相机为孩子们拍照。达莉大声指示着："站直了！微笑！"莱拉注意到，玛朵娜只拍了三个孩子：巴戈，一个叫吉尔达的女孩，还有一个叫拉夏的男孩。这三个孩子都是六岁上下，洗得干干净净，穿戴整齐。孩子们轮流站到玛朵娜选作背景的墙的前面。

玛朵娜有一头漂染过的金发，臀部异常丰满，她拖着它走来走去，就好像拖着一个异物。巴戈站在墙边，湿漉漉的头发梳到一侧，当达莉叫他站直时，他的身子直得让莱拉觉得他可能会拦腰折断。接下来是拉夏，他站在墙边，大大的眼睛充满悲伤。达莉走过去整理他的头发和衬衫。

"你能不能笑一下，孩子？"达莉生气地说。

拉夏试着笑了笑，露出了牙齿，但他的眉头仍然皱着，整张脸看起来更苦了。其他孩子笑了起来。

"天哪，谁会选他？我是说，看他这副样子！"雷瓦纳乐呵呵地说。

突然，蒂尼科叹了口气道："我们曾经有一个可爱的小女孩——诺娜。不过，她的家人把她接回去了。她比这群孩子强多了——跟你这么说吧，只要看一眼，他们就会想把她立刻带回家的。她那么漂亮,那么聪明……"

"你说得对,"达莉沮丧地说,"像诺娜这样的孩子不是每天都有的。"

接下来轮到吉尔达了,但蒂尼科对她没什么信心。吉尔达七岁,是个瘦弱的女孩,有一头笔直的黑发,一只眼睛斜视,而且她是雅兹迪人,在蒂尼科看来,她不适合做国际领养的候选人。

玛朵娜坐下来稍事休息。她点燃一支香烟,摆弄着相机。整个学校都在密切关注着这三个孩子。

原来,玛朵娜给一对美国夫妇做了好几年保姆,正在帮他们寻找一个适合领养的孩子。玛朵娜在照顾那个美国女人的年迈母亲时所展现的同情心和自我牺牲精神,使这对夫妇对玛朵娜的祖国格鲁吉亚产生了深深的敬意。曾经照顾过一个残疾儿童(后来失去了这个孩子)的他们决定从一所寄宿学校领养一个孩子,因此玛朵娜寻访第比利斯的各个学校,拍摄六岁左右的儿童的照片。学校里还有其他这个年龄段的孩子,但蒂尼科选择了她认为最有吸引力的三个,而且这些孩子的父母已经正式放弃了监护责任(这一点很重要),将孩子的命运完全交给了学校和教育部。

"你们需要把孩子们的全名写下来给我,还要写一些背景信息,"玛朵娜说道,"他们想要了解带回家的是什么样的人。"

"你不拍其他孩子吗?"莱拉走过来说。

在蒂尼科回答之前,雷瓦纳从人群中探出头来,讥讽地说:"他们想要小的,不是像我们这样的大块头!"

"噢,雷瓦纳,如果你的机灵能有机会在别的地方闪耀一下就好了。"蒂尼科怜悯地说,她非常清楚,没有人会来拯救他,让他摆脱在格鲁吉亚的艰难生活。

玛朵娜说她想拍一些孩子们玩耍的照片。巴戈希望他们踢足球,但足球已经半瘪了。吉尔达跑去跳绳,但巴戈和拉夏只是呆呆地站在那里。他们梳得整整齐齐的头发和洗净的脸似乎让他们发挥不出自己的特长了。

"好吧,算了。那就跳房子吧。假装你们在玩跳房子吧。"

蒂尼科感到有人碰了碰她的胳膊肘。她转过身,发现莱拉站在那里。

"蒂尼科,我真的需要和你谈一下。"

蒂尼科困惑地看着莱拉,跟玛朵娜说了声抱歉,然后把莱拉带到一边。

"怎么了?"

"蒂尼科,"莱拉说,"你能不能让她也给其他孩子拍点照片？我是说，那些小一点的。"

蒂尼科叹了口气。她低声说："好的，告诉我是哪些孩子。你知道我很重视你的意见。"

"嗯……所有的都要。我是说，就是那群小一点的。但要告诉她不要只是拍照。她还得把照片拿给美国人看。谁知道呢，也许他们会喜欢斯特拉，甚至是雷瓦纳。"

"不，不，就算他们喜欢雷瓦纳，也不能要他。他妈妈还在，所以我们不能把他送走。但我们可以拍斯特拉，还有其他那些孩子……"她们回到玛朵娜那里，蒂尼科压低了声音，"问题在于文件，你明白的。如果他们还有父母，我就不能把他们送去任何地方。我可不想落得个坐牢的下场。我们只拍那些没有家人的孩子。"

其他孩子既没有穿戴整齐，也不是特别干净，但他们排成一队站在墙边，照着达莉和玛朵娜的指示做。玛朵娜给几乎所有十岁以下、没有家人或亲属已经放弃抚养的孩子拍了照片。斯特拉在饮水器那儿把手打湿，努力把头发压平，然后跑到墙边站着，一动不动，脸上带着微笑，等待着拍照。

"伊拉克利在哪儿？"蒂尼科问，四处张望着。

莱拉以为自己听错了。但并不是。看来，伊拉克利的母亲选择了希腊，放弃了她的儿子。莱拉定了定神，往宿舍楼走，她决定找到伊拉克利，告诉他真相。她真希望自己当时对伊拉克利的母亲说的话能更狠一些。她现在唯一能想到的就是伊拉克利需要知道。他需要知道他的贱人母亲抛弃了他，而他一点都不知情。

她发现伊拉克利独自躺在一张床上。他没有哭，只是仰面躺着，用手臂遮住了脸。莱拉一看到他，就改变了主意。

"快点，蒂尼科在找你。你需要照张相。说不定你会碰到好运。"

"我不想去。"

莱拉把伊拉克利的手臂从他脸上拿开，胳肢着他。"快点，很好玩的。他们不会真的把你送到美国去。他们想要一个小巧可爱的孩子，不是像你这样的大块头！动起来，坐起来！"

伊拉克利什么也没说。

"是不是因为我骂你妈妈了？"

伊拉克利闭上眼睛，紧贴着墙。

"你担心她会生气，不回来了，对吧？"莱拉想了一会儿，"你不用担心。我们会给她打个电话，你可以告诉她，只是有个疯子抢了电话……一个有点不正常的人。跟这儿的其他人一样。跟她说这人对谁都这样骂。"

伊拉克利开始哭泣。

"伊卡,别哭了。我们会打电话给她的,你可以告诉她,有个陌生人抢了你的电话!告诉她这人被学校开除了,或者直接告诉她这人死了!告诉她这人被车撞了!"

莱拉把伊拉克利翻了个个儿。

"来吧,别撒娇了。她活该。她骗了你!别傻了!"

莱拉抓住伊拉克利的手臂,把他从床上拖起来。

"你要我怎么样?我明天就带你过去!"她生气地摇着他的手臂,"如果你想,我现在就带你去,但你要告诉她那是个不知道打哪儿来的疯子,因为我不会道歉,好吗?如果她不相信你,她可以滚蛋!"

莱拉抓住伊拉克利的手腕,拽着他走进了走廊。

他们回到院子里。莱拉把伊拉克利拖到墙边,将孩子们推到一边,把伊拉克利塞了进去,塞到了玛朵娜的镜头前面。

"谁会想要他!"雷瓦纳嘲笑道,"谁会愿意把他带回家,他头上还有虱子呢!伊卡,你头上有虱子,对吧?"

莱拉用力敲了一下雷瓦纳的后脑勺。

婚礼的日子到了。梅齐亚和她的一个邻居正把一块大红色天鹅绒布料贴着墙高高举起,奥拓在四个角上钉上钉子。多年前曾用新年大餐招待孩子们的那个女人把一束束小小的白玫瑰别在天鹅绒上。

在天鹅绒布料前面有一张长桌,上面摆着装饰精美的瓷器和造型别致的玻璃杯。孩子们的餐桌摆在第二间小一点儿的厅里,那间小厅跟这个大厅一样长。

一个女人从厨房里走出来,扫了一眼孩子们的餐桌,问:"我们也给他们上全套的菜吗?"

组织者是一个面容严肃的瘦削女人,脸上有麻疹瘢痕,她点了点头。

"就连葡萄酒也上吗?"那个女人问。

组织者犹豫了一下,看向奥拓。

"每人一杯不会害死他们的,"他说,"这样他们就可以参加祝酒了。再准备一些汽水。你知道孩子们喜欢什么。"

莱拉听到汽车喇叭悠长的欢呼。她打开大门让车辆开进来,然后关上门,跟在车辆后面步行。达莉赶走了孩子们。她已经穿上了礼服:一件黑色上衣,上面点缀着绿色波点,领口也是绿色蕾丝。戈德兹从新娘车里下来,穿着一套干净利索的西装。他绕到车的另一边去迎接他的新娘，玛娜娜。她走出来，身着一袭白色长礼服，长长的黑发编成一根根辫子，脸上带着灿烂迷人的微笑。邻居们惊讶地上下打量她，她迈着悠然、优雅的步伐，一呼一吸间，礼服在身上绷紧，他们都看呆了。

"看来她已经招待过不少人了，"莱拉听到一个邻居低声说，"我是说，不然她为什么会嫁给戈德兹这样的男人呢？"

"你知道什么？"另一个女人说道，她盯着玛娜娜腰身纤细的礼服，上面有蕾丝边和缎带，紧贴着她翘起的臀部。

"我只是这么觉得。"

玛娜娜背对着一群穿着闪亮礼服、像母鸡一样伸长脖子的女孩。她把花束扔进人群中。一个双颊红润、看起来随时准备战斗的胖女孩挤出来，紧紧握着花束，喘着粗气。其他宾客鼓掌，然后大家走进食堂。餐桌上摆满了食物：一盘盘新鲜的香草蔬菜丸子，一堆堆大葱和萝卜中间夹着整根黄瓜和西红柿，还有数十道凉菜。奥拓向站在一台雅马哈电子琴旁的瘦弱男子示意；几秒钟后，一曲用键盘演奏的门德尔松《婚礼进行曲》在房间里飘荡，随后被图舍蒂[1]情歌的哀伤旋律所取代。

孩子们在桌边坐下来。所有孩子都到齐了,除了伊拉克利,他发烧了,吃不下东西,一吃就会吐。

在一片嘈杂声中,主持人提高了嗓音:"亲爱的朋友们,我要举杯祝福新郎新娘!"他把一只肥厚的手按在胸口,另一只手高高举起杯子。他环顾到场的宾客,说道:"亲爱的朋友们,亚当和夏娃被创造出来是为了什么?是为了爱!是为了繁衍生息!作为亚当和夏娃的后代,我们也应该繁衍生息,只要我们是出于爱!为戈德兹和玛娜娜——干杯!为你们的结合——干杯!祝福你们。愿你们的爱情永不凋谢,直到永远!"

孩子们开始往盘子里盛食物:热气腾腾的奶酪烤饼、炸鸡、核桃拌肝、香草蔬菜丸子、核桃酱、烤馕,桌上的一切美食。达莉坐在孩子们中间,大口吃着玉米面饼和鱼。她不时地对这个或那个孩子投去不满的眼神,翻着白眼,把油乎乎的嘴张得老大,嘴里嚼了一半的食物差点儿掉出来。

达莉挑了一些食物递给莱拉,让她拿给伊拉克利:清淡的炖煮菜,一点都不油腻。莱拉唤醒伊拉克利,但他说不想吃东西。莱拉摸了摸他发烫的额头,给他掖好被子,把盘子放在床边，然后回到宴席上，一些年轻的宾客已经开始跳舞，水果和蛋糕也摆在了桌子上。

莱拉感觉酒劲儿上来了。"蒂尼科，"她在音乐声中喊道，"我能和你说句话吗？"

蒂尼科看起来有些不耐烦。她放下蛋糕，站起身，从宾客中间挤过来，到了莱拉身边。莱拉把她带到一个角落。

"抱歉打搅你用餐，"她说，"我只是想知道为什么你要给伊拉克利拍照片。你说只拍那些没有家人的孩子……所以，我只是想知道，他妈妈怎么了。"

"这事明天不能说吗，姑娘？你为什么要关心伊拉克利有没有妈妈？"

"我知道他有妈妈。我刚刚在电话里把她骂了一顿。她人在希腊。"

蒂尼科的脸色柔和下来。

"是的，"她说，"她人在希腊。她在这儿过得实在太艰难了。现在她去了希腊，她不会回来了，至少很长一段时间里不会回来。等伊拉克利满十八岁，他可以自由决定去留。"蒂尼科怕她听不到，几乎是吼着说："现在，我要回我的座位去，你别再喝酒了。刚才告诉你的事情，不要传出去。"

婚宴正如火如荼地进行着。戈德兹的一个堂兄，一名正在休假的警察，在乐声中兴奋不已，他先是跳上一把椅子，又跳上桌子，从腰间掏出手枪，向天花板射出几发子弹。

仿佛是一种默契，音乐变得更加响亮了，孩子们开始在地板上抢夺弹壳。

莱拉和达莉给每个孩子分了一块蜂蜜蛋糕，把他们赶出了食堂。与此同时，奥拓帮着服务员们将已经空空如也的餐桌拖回墙边，腾出一个宽敞的舞池。

1　图舍蒂，位于格鲁吉亚东北角，紧邻车臣和俄罗斯。这里自然资源丰富，人迹稀少，已被划为格鲁吉亚的国家公园。

5

瓦诺讨厌缺课。即使学校里的所有孩子都生病了，只剩下一个还能上课的，他也会把那个孩子带到他的教室里，照常教书。他在黑板前来回走动，双手交叉在背后，一只手拿着一根教鞭，讲述建造者大卫[1]、帖木儿、塔玛女王[2]以及孩子们最喜欢的托特内·达迪亚尼的生平故事。托特内·达迪亚尼被蒙古统治者绑住双脚，在灼热的阳光下赤身裸体，身上涂满蜂蜜，他要求被处死……

瓦诺讲课时看着地面，有时只是呆呆地凝视着虚空。他从不看孩子们。这里的老师相比其他学校的老师要宽松一些。孩子们很难集中注意力，课上大部分时间，他们交头接耳，聊天，争论。如果班上太吵，没有人听得见瓦诺说话，他就会举起教鞭。过去，马塞尔和伊拉还在学校的时候，瓦诺更经常地挥起教鞭。现在他既没有力气也没有兴趣威吓任何人了。

莱拉走进教室。"雷瓦纳，你妈妈来了。"她说。

雷瓦纳一脸困惑。他小心地走向门口，不想表现得太急切，像个跑去找妈妈的小宝宝一样。莱拉也准备走了，这时瓦诺叫住了她。

"帮我把这个交给古尔纳拉，好吗？"

莱拉跟着瓦诺走到他的桌子旁。瓦诺刚背过身去，孩子们便拥向窗户，想看看雷瓦纳的妈妈。有的孩子跑到厕所去找更好的观察点，还有一些孩子追上雷瓦纳，想要凑近看这场见面。

瓦诺拉开办公桌的一个抽屉。莱拉低头看着他那又长又瘦的手和手腕上灰白的细毛。她看着他把长长的手指搁在抽屉把手上，然后，一瞬间，她记起数年前的情景，自己站在历史教室里，内裤脱了下来，裙子和毛衣被掀开，瓦诺瘦骨嶙峋的手指滑向她光秃秃的小丘，越来越深入，动作迅速、笨拙，仿佛里面有什么东西需要他引导，但又不断挣脱他的控制。接着，一阵疼痛突然袭来，她感到灼痛。她皱了皱眉,但没有哭,她还没有哭……瓦诺解开裤子。

"碰一下,不要害怕。"

她看着它左右摆动,笔直地指向天空。它让她想到剥了皮的动物。瓦诺将她拉向自己。

"我们做完这件事就去镇上,我会给你买冰激凌……你是个乖孩子,对吗?来吧,你会喜欢的。我知道你会的……"

莱拉把手放在瓦诺的那个东西上,它在她的手里显得很粗,就像扫帚把一样。之后的事情莱拉就不记得了,她只记得站在小凳子上、面朝墙壁的自己,和矗立在她身后的瓦诺;只记得那种刺穿全身的痛,痛得她喉咙都烧了起来。莱拉尖叫,但瓦诺厌恶她的泪水,他生气地用又湿又冰的手捂住她的嘴,莱拉不再抵抗。瓦诺告诉莱拉,不要告诉任何人,之后又将莱拉的小手移回了那扫帚把上……

瓦诺从抽屉里拿出名册,递给莱拉。她看着他干瘪、老去的脸,眼下的黑眼圈,还有耷拉下来的嘴,简直无法相信眼前的老人和那个拿着扫帚把的是同一个人。

"把这个带给古尔纳拉。"他对她说,然后转回到自己的桌前。

莱拉沿着走廊走着，她想起洗漱房，想起血顺着她的大腿流下来，想起她以为自己快要死了时的恐惧。

古尔纳拉在一楼，正在教小孩子们实用技能。莱拉递给她名册。桌子上有一本打开的针线手册，莱拉被其中一个几何图案与古尔纳拉锐利的鼻子之间的相似之处所震撼，她不禁想知道古尔纳拉是否从那里得到了这个设计的灵感。

在操场上，莱拉一阵恶心。她坐在云杉树荫下的长凳上，点了一支烟。

她记得还有一次，在体育室外的走廊里，瓦诺挡住了她的去路，抓住她的手，把她带进体育室，让她脱掉衣服。在她还小的时候，这样的事情发生了很多次：瓦诺会找到她，抓住她的手，带她去某个地方。她虽然不情愿，但还是去了。即使是现在，她也无法忍受别人握住她的手，哪怕是斯特拉、巴戈或诺娜。莱拉记得更衣室有多么潮湿。她记得瓦诺脱掉她的裤子、紧身裤，然后是内裤，让她赤脚站在冰冷的瓷砖地面上。她还记得瓦斯卡是如何走近他们的。他看到莱拉没穿内裤站在更衣室里。瓦诺，没穿裤子坐在椅子上……瓦诺没有看到他。瓦斯卡和莱拉面面相觑，瓦斯卡转身径直往外走。

莱拉长大一些后，瓦诺不再带她去他的教室和更衣室。

现在，莱拉看着他，有时她会想也许那从未发生过，也许那个瓦诺只存在于她的噩梦中。但当她看到瓦斯卡，看到他脸上微妙的笑意时，全部的现实再一次刺痛她的身体，过去的耻辱让她感到恶心。

莱拉瞥见了雷瓦纳，他和母亲坐在操场上的一张长凳上，低声交谈着。雷瓦纳的母亲是个漂亮的女人，有一头赤褐色的长发，胸部丰满，穿着紧身裙和低胸上衣。莱拉想象她的生活中可能充斥着男人，没有空间留给她的儿子。但即使她浓妆艳抹，也掩盖不住脸上的痛苦。她既美丽又破碎。她站起身，把雷瓦纳拥入怀中。雷瓦纳害羞地抱着她，将手搭在她的肩膀上。雷瓦纳送母亲走到大门口，然后她离开了。他关上大门，没有回头，匆匆跑回了宿舍楼，手中攥着她带来的装满糖果的袋子，只想着快快品尝它们。

莱拉看着那个女人缓慢地走在路上，向一辆驶过的公共汽车司机打手势。司机靠边停车，打开车门等待，又老又旧的车子咳嗽着，耐心地停在原地。雷瓦纳的母亲上车，回到她的混乱生活中。

五月以一连串的雨天结束。雨水开始涌入蹦床房，达莉站在门口，阻止任何孩子偷偷溜进去。她四处忙碌，摆放各种容器，以免积水。

莱拉站在顶楼，和几个孩子一起向下望着街道。他们盯着倾盆大雨，这场雨快把学校地面淹没了。水沿着街道涌过来，冲过大门，灌入操场，洪水绕着各栋楼左右奔袭，仿佛在围攻学校。莱拉很幸运，因为塔里尔在大门口的小屋里度过了许多雨季的五月天，屋顶维护良好，门口也略微抬高了，这让莱拉的房间可以保持干燥和安全。

一天下午，雨水如瀑布般倾泻在凯尔奇街上，涌入学校操场，速度之快，仿佛能一次冲走多年来积累的污垢和秽物。所有人都躲在电视室里，人员众多，令窗玻璃都蒙上了模糊的水汽。对于孩子们来说，这是他们生命中离家庭生活和团聚最近的一刻。随后，蒂尼科和玛朵娜走进来，玛朵娜宣布，那个美国家庭决定收养伊拉克利。

伊拉克利坐在窗边，脸涨得通红。

蒂尼科和玛朵娜刚从雨中走进来，湿透的头发紧贴在头皮上，脑袋看起来小了一圈，和她们大大的臀部形成鲜明对比，她们看起来就像湿漉漉的鸡。她们坐在扶手椅上，而达莉站在那儿流下高兴的泪水，或者也可能是悲伤的泪水。孩子们聚拢过来。莱拉把伊拉克利从窗沿上推下来，示意他加入他们。

"过来,伊拉克利!"蒂尼科喊道。

伊拉克利挤进人群中间。雷瓦纳拍了拍他的肩膀,然后放声唱起一首英文歌。

"我只是打电话……来告诉你……我爱你……"[3]

其他人都笑了,但他们盯着伊拉克利,仿佛他刚刚在他们面前现身一样。莱拉现在看到他的脸完全变了样。他不再脸红了,小心翼翼地坐在一把椅子的扶手上。

"祝贺!"玛朵娜兴奋地说,仿佛她自己都难以相信这个奇迹,"你将会过上多么美好的生活,拥有多么光明的未来啊!这真是一个童话故事!命运真的对你微笑了,亲爱的!"

她转向蒂尼科,道:"你知道是什么让他成功的吗?"

蒂尼科满面春风,仿佛她从未想过事情会是别的样子。

"你对我说了什么,蒂尼科?"玛朵娜语调夸张地说,"让我们给他们拍照,你说了!不会有什么坏处,你说了!啊,做得好,蒂尼科!想象一下!如果我们没有寄这张照片,他们可能会选择一个南斯拉夫孩子!他们在萨拉热窝找了一个女人,她答应给他们一个从战场上出来的残疾的孩子!想象一下……我是说……你多大了,孩子?"她转过头去问伊拉克利。

"九岁。"伊拉克利说。

"你瞧见了吗?"玛朵娜再次转身面对达莉,"你瞧见他们的主意变得有多快吗?"

达莉盯着伊拉克利。"美国人喜欢你的模样,亲爱的。"她真心实意地说。

蒂尼科打开窗户,让新鲜空气进来。雨声和奔流的水声充满了房间。

"莱拉,"蒂尼科说,"干得好,亲爱的。"

玛朵娜从包里拿出一张纸,对着房间说:"好了,我们有很多事要做!我们需要医学证明、出生证明还有各种表格——"她用手指数着数,不是像格鲁吉亚人那样从食指开始,而是从拇指开始,就像美国人一样——"打印、签字,等等。这是我和蒂尼科需要处理的,但这个男孩需要写一份自我介绍,写一写他希望在他的美国新家里得到些什么……"

"我不会说美国话。"伊拉克利说。

"首先,它不是美国话,它是英语。在美国,他们说英语。别担心,我们会为你翻译的。"

"小姐,他一个格鲁吉亚字儿都不会写,"雷瓦纳说道,"但我很确定他可以做到用英语说点什么的,对吧,伊卡?"雷瓦纳亲昵地用胳膊肘推了推伊拉克利,"说说'我只是打电话来告诉你我爱你'什么的。"伊拉克利的耳朵变得通红。

玛朵娜继续说道:"这个孩子需要准备好在九月出发。他们要来四天。他们没有时间待更久了,然后他们会带他回去。这些都在这里,看看吧。"——玛朵娜挥动着那张纸——"我的意思是,它是用英语写的,但我会翻译:亲爱的玛朵娜和蒂尼科,非常感谢你们寄来的东西。玛朵娜可能已经跟你们讲了关于我们的一切,但我们想亲自告诉你们,这是一个温馨、充满爱的家庭——我说,你们能感觉到,不是吗?——我们附上了所有的文件和一点关于我们自己的信息。"

玛朵娜跳过一段内容,再次充满感情地念道:"选择一个孩子非常困难。我们不想来格鲁吉亚挑选孩子。我们认为这对孩子可能不好,而且我们知道这对我们自己来说也会非常消耗感情。起初,我们认为选择一个不满六岁的孩子会更好,因为年幼的孩子更容易融入和适应,但当我们看到伊拉克利善良、温和的脸庞时,我们——"

玛朵娜的下巴颤抖了一下,但她努力让自己镇定下来,读完了信件。"基本上,看到他的脸,就足以叫他们改变主意了。"

"哇，伊卡！他们喜欢你这张丑脸啊！"雷瓦纳扮了个鬼脸。达莉却泪流满面。

看来，凯尔奇街的英雄们终究不会绝迹，伊拉克利注定会成为其中之一。

雨终于停了，莱拉和伊拉克利回到门房。

"我告诉过你了，对吧？"莱拉拍拍伊拉克利的脑袋，"记得带上我，好吗？现在你是美国人了，不要抛下我。"

她笑了，伊拉克利也微笑着。

他们点燃了一支烟，房间里弥漫着烟雾。莱拉站起来打开窗户。

"莱拉？"伊拉克利开口。

"莱拉、莱拉、莱拉，又怎么了？在美国，就没有你的莱拉了，知道吗！不过你不用担心。我会给你施瓦辛格的电话号码——你可以告诉他我要打电话。"她笑了。

"你能带我去用电话吗？"

莱拉停下来。她透过烟雾凝视着伊拉克利。

"再打一次，好吗？"伊拉克利小心翼翼地说。

"你怎么了？为什么你就不能放下呢？"莱拉坐在窗户旁的桌子前，"她抓着你不放，是吗？打电话有什么用？你甚至不知道该打给谁！"

"但……她可能会回来。"伊拉克利平静地说。

"她永远不会回来了！你怎么就是不明白呢？"莱拉说。她本想再多说些什么，但忍住了。

伊拉克利沉默了。他的脸显得格外苍白，莱拉想起美国人说他看起来多么善良、温和。

梅齐亚的女儿打开门，莱拉又一次被那女孩的美人痣迷住了，犹如一只小甲虫一般的美人痣。女孩看清门外是谁后，脸色阴沉下来，默默地关上了门。莱拉和伊拉克利惊讶地对视了一眼。莱拉再次按响门铃。这次是梅齐亚开的门。她的微笑已经消失，用冷冽的目光盯住两人。

"你好，"莱拉说，"很抱歉打扰你，我们可以用一下你的电话吗？"

女人眼含泪花，看着他们。

"太好了！"她突然开口，"太好了。非常感谢你们让我做这些事！"她的声音颤抖着，"我欢迎你们到我的家里，不求任何回报，你们来了，随时随地用我的电话……噢，不，感谢你们拨打国际长途电话，感谢你们以最高资费标准拨打电话，打得我们的电话被停机。你们知道我丈夫不得不去解决这一切吗？那可怜的人刚下班回家。我是说，你们为什么要这样做？为什么要那样占便宜？我只是尽力想帮帮忙而已！"

梅齐亚几乎要哭出声了。莱拉看到那甲虫般的女孩躲在母亲身后，轻抚着她的臀部，一只眼睛偷偷瞄着莱拉。

莱拉和伊拉克利呆立在那里。梅齐亚关上了门。伊拉克利低着头走回楼梯，但莱拉仍呆立不动。

门再次微微打开，甲虫女孩探出头，盯着他们。莱拉听到梅齐亚在屋里的声音。

"关上门，回来吧！"

"他们还在外面，妈妈……"

"我说关上门，马上回来！"

莱拉思考了一会儿，然后，令伊拉克利感到惊讶的是，她走向对门，那里刚刚搬来了新的一家。她按响门铃。一个十二岁上下的女孩打开了门。

"对不起，"莱拉说，"我们能不能借用你的电话一分钟？我们是寄宿学校的。这真的很重要。"

女孩做出一个夸张的沮丧表情。

"电话还没装好呢。"她说。

"噢，好的……不好意思。"莱拉说。女孩关上了门。伊拉克利走下楼，但莱拉再次按响门铃，女孩打开门时，莱拉说:"电话公司的人刚来过,你知道的,他那会儿一直在鼓捣楼下的电话箱。去看看吧,也许他已经把你们的电话线连好了!"

女孩回到屋里,把门留着,走到走廊的一个小架子上,那里放着一部电话。她把听筒放在耳边。

"噢,是的,现在好了。"她犹豫地说,好像搞不清楚谁占了上风。

莱拉和伊拉克利走了进去。女孩消失在一个房间里。

"是谁啊?"莱拉听到一个女人问。

"特殊学校的孩子,来借用电话的。"

与梅齐亚的公寓相比,这个公寓显得杂乱不堪,而且很昏暗。厨房里没有飘来面包的香味。甚至没有椅子可以坐。伊拉克利展开一张小纸条,上面写着一串电话号码,是莱拉的笔迹。他拨打了电话。一个说希腊语的老妇人接了起来,几分钟后,发现对方还没有听懂,她在电话里尖声喊道:"没有英伽!没有英伽!英伽不住这里了!"

伊拉克利打电话给伊芙丽塔。伊芙丽塔一无所知,英伽没有给她打电话。伊芙丽塔猜想她可能已经搬家了。

回去的路上,伊拉克利走在莱拉身边,垂着头。莱拉也感到泄气。梅齐亚脸上那种背叛似的神情让她的心里很不是滋味。

"你先回去吧,"莱拉突然说,"我过一会儿就来。"

"你去哪儿?我能一起去吗?"

"不,你先走吧,我很快就回。"

"好的。"

伊拉克利耸了耸肩,双手揣在口袋里,继续朝学校走去。

莱拉回到那栋楼上,但这次去了不同的楼层。她按响了门铃,玛丽卡应门,看到莱拉,她很惊讶。

"嘿,你好吗?"

"我能和你聊一下吗?"

"什么事?"

莱拉从口袋里拿出那张小纸条,念着纸条上她自己写的字。"英伽不住这里了。这句希腊语是什么意思?"

玛丽卡盯着莱拉看了一会儿,然后看了看那张纸,把意思告诉了她。

"你认识伊拉克利吗?他被一对美国夫妇领养了,他们九月就来接他。我想问问你是否可以教他点英语。你会说英语,对吧?"

"这个嘛,我上过英语课,但我不太擅长。找个专业老师对他来说更好。"

"你可以做他的老师。我会付钱的。你去上的那些课多少钱?"

"唔,我的课是月结的,一周上两次……"

"我们也会每月支付,每周上两次课。或者你可以每周去我们那里两次。我有自己的房间,所以都没问题,你可以教他一些基础知识,这样他在去那里之前不会完全不懂。"

"我说不好……我快要考试了,很忙。我马上要申请大学了……"

"我们会付钱的。你去上的课一个月多少钱?"

玛丽卡没有回答。

"我们有钱,"莱拉说,"我有工作,对吧,看管那些汽车。虽然不多,但也许够了。"

"好吧,可以。我每月付四十拉里,教我的老师是我们家的朋友……这个价格的一半怎么样?"

"二十拉里?"莱拉问。

两个女孩陷入了沉默。玛丽卡盯着莱拉,莱拉也盯着她,想着她们曾经把手伸进对方的内裤里是多么奇怪的一件事。莱拉仍能回忆起手指上留下的那种气味。

玛丽卡深吸一口气，好像已经厌倦了讨价还价，然后问："这个价格对你来说可以吗？"

"是的，二十拉里可以。"

"好，我一周来两次，但只能是下午早些时候，因为每天晚上我要上家教课。"

"那每节课多少钱？这样我们可以按进度付款。"

"二十分之二，那就是两周十拉里，一周五拉里。这么着吧，我们干脆一周只上一次，这对我更合适。"玛丽卡说。

"你真是太好了。你什么时候能来？"

"明天下午两点怎么样？"

"好。"莱拉说。她开始跑下楼梯。

"等等！"玛丽卡在她后面叫道。她站在楼上看着莱拉。"他能行吗？"

莱拉想了一会儿，然后答道："他能行！"

第二天，莱拉和伊拉克利在门房里见到了玛丽卡。伊拉克利坐在桌子前，桌上摆放着一个薄薄的笔记本和一支钢笔。玛丽卡坐在他对面。

"Hello。"玛丽卡说，用期待的目光看着伊拉克利。

伊拉克利看向莱拉。莱拉耸了耸肩。

"Hello就像是'你好',是用来问候别人的。我们来练习。我会向你问候,然后你也问候我。"

伊拉克利点了点头。

"Hello。"玛丽卡说。

"Hello。"伊拉克利模仿着回答她。

"Perfect。"玛丽卡说,然后告诉他这个词的意思是"完美"。

莱拉陪着他上课。伊拉克利学了几个英语单词,把它们写在他的笔记本上。很快她们就发现,伊拉克利要么忘了,要么不会写,或者根本连一些格鲁吉亚字母都不知道怎么写。玛丽卡改变了策略,决定让伊拉克利先练习格鲁吉亚字母。莱拉不同意,但玛丽卡说服了她,如果他连自己母语的字母都不会写,他将永远无法学会另一种语言。

"如果他只靠死记硬背,那教他简直就是噩梦一场,"玛丽卡挠挠鼻子说,"如果他连字母都不认识,他怎么能把东西写下来呢?"

在莱拉的帮助下,伊拉克利在笔记本上写下了格鲁吉亚字母表中的全部三十三个字母。写到最后一个字母时,伊拉克利已经筋疲力尽。这个字母很少用到,玛丽卡不得不握着他的小手,帮他画出那个字母的形状。这堂课结束了。伊拉克利说他头疼。莱拉给了玛丽卡五拉里。

玛丽卡走出门房，走入一群孩子当中。

"我只是打电话来告诉你我爱你。"雷瓦纳用英语大声喊道。玛丽卡不禁笑了起来。

"你知道这句话的意思吗？"她问他。雷瓦纳脸红了。

"I love you，"玛丽卡说，"我爱你。"

玛丽卡的话引起了一阵骚动。孩子们尖声大笑，雷瓦纳扮了个鬼脸，像吃了柠檬似的。

莱拉走出门房。

"雷瓦纳，滚开。别再欺负那可怜的女孩了，好吗？"

"噢，别理他。没什么。"玛丽卡说。

"不管怎样，这会儿我为什么要滚开呢？她刚告诉我她爱我。"雷瓦纳说，孩子们又笑了起来。

铃声响起，所有人都跑向食堂。伊拉克利一边走一边喃喃自语："Perfect！ Perfect！"

莱拉看着桌上的食物：炖土豆、肉饼。不是真的肉饼，而是用各种陈面包、洋葱和香草做成"素肉饼"，再裹上面粉煎制而成。旁边放着一个三升装的酸果酱瓶，还有一些掺了水的番茄酱，上面漂着洋葱碎。孩子们扑向酱料，直接拿起瓶子把酱倒在盘子上。莱拉拿了一个肉饼,一口吃下,嚼了嚼,咽了下去。她站起来,走到外面。

她点了一支烟,沿着梨地边的小路走。她绕过宿舍楼的一侧,在楼前的台阶上停住。所有人还在食堂里。莱拉把烟蒂扔到角落里,走进宿舍楼。她来到顶楼,朝着蹦床房走去。隔着一段距离,她就注意到门是开着的。她进去,看到瓦斯卡背对着她,站在曾经的阳台门口,看着地面。他没有注意到她进来。她蹑手蹑脚地走近,双手抓住他的上衣,用力摇晃。

"啊哈!"

吓坏的瓦斯卡本能地伸开双臂,就像一只要展翅起飞的鸟。他努力恢复平衡,转身面对莱拉。他们扑向对方,双臂高举,就像两只公羊在角力一般,搏斗了好一会儿。瓦斯卡面带痛苦,涨红了脸。他看起来像是要哭了。莱拉没了力气。突然,几乎同时,他们松开了对方。他们喘着气,倒在床上。

"怎么了,我吓到你了吗?"莱拉问,几乎喘不过气来。

瓦斯卡整理了一下衣服。

"你刚才在看什么呢,啊?你要是摔下去把脑袋摔在混凝土上,会有更好的景色可看的。你到底在这里干什么?

为什么打开了门?"

瓦斯卡站起来,走向门口。

"门本来就开着。"他说,盯住莱拉。她与他对视;他的脸现在平静多了,他们扭打时缺席的微笑又回来了。

"本来就开着,是吗?"莱拉的声音带着怀疑,"别骗我了。"

"门就是开着的。"瓦斯卡又说了一遍。

"那挂锁呢?"

"没有挂锁。"

莱拉看着他。他的微笑真让人烦躁。

"你在傻笑什么?"

"傻笑?我?"

"不,是我。你是个白痴,知道吗?"她叹了口气,"你不吃晚饭吗?快点,不然就太迟了。"

"我不饿。"瓦斯卡说。

"你知道吗,我搞不懂你,"莱拉说,"你待在特殊学校干吗呢?你真的是个白痴还是装得像个白痴?"

"我?"

"不,是我。"

瓦斯卡什么也没说。他只是转身走开。莱拉看着他离去，仍在等待一句回答。

"瓦斯卡，别再让我发现你上来了，不然我会把你的两条腿都打断。"

瓦斯卡消失在走廊里。

1　建造者大卫，即大卫四世，1089年到1125年间的格鲁吉亚国王，在他的统治下，格鲁吉亚迎来了黄金时代。
2　塔玛女王，格鲁吉亚王国在1184年到1213年间的统治者，她也被称为伟大者塔玛，在其统治下，格鲁吉亚国力强盛。
3　出自美国歌手史蒂夫·旺达发行于1984年的著名歌曲"I Just Called to Say I Love You"，中文名也译为《电话诉衷情》。

6

莱拉暗自想，我得在冬天之前杀了瓦诺。现在是夏天，时间充裕。伊拉克利将在九月离开，等他一走，我就杀了瓦诺。冬天结束前。之后可能就晚了。他年纪这么大了，说不定会自己死掉……

莱拉无法忍受这个想法。她对自己发誓，瓦诺不会自然死亡。

今天阳光明媚，外面微风宜人。莱拉坐在逃生梯顶上的平台上，回想着那个冬天，她、伊拉克利、雷瓦纳和瓦斯卡偷了邻居棚子里的木柴。邻居抓住了他们。他锁上了棚子的门，威胁要报警。他还动了手。伊拉克利开始哭。

雷瓦纳吓得说不出话。不过，瓦斯卡尽其所能鼓起所有的勇气，说："我们太冷了，把鞋子都烧了，现在没东西可烧了！这就是我们偷你东西的原因！"

邻居是个粗鲁、勤劳的人，他从不看别人的眼睛，也不怎么愿意与人交谈，但瓦斯卡的话似乎使他稍微冷静了下来。他把棚子的门敞开，久久地凝视着站在月光下的孩子们，然后给他们装上尽可能多的干柴，让他们走了。他看着他们离开，摇着头。孩子们悄悄回到院子里，挤过围栏，放下柴火，松了口气。他们发现斯特拉坐在篱笆旁，正哭着等待他们平安归来。那晚，他们很暖和。莱拉也对瓦斯卡有了些许温暖的感觉，虽然她什么都没说。她甚至没有给他一个微笑。她只是让他坐在火炉旁说话。

莱拉沐浴在阳光下，心想，我会在这个冬天搬出去。一旦她杀了瓦诺，她就直接拿起包走人。也许去更中心的地方。她在洛特金街有一些同学，也许她会和他们住一段时间。或者去找娅娜。或者，最后一招，坐火车往西去。也许是巴统，她可以去找马塞尔。她确信每个人都会认识马塞尔，他们可能都害怕他。她会先找到马塞尔，然后去海滩。光是想到能看见大海就让她兴奋不已。她不会游泳，但她会学。

每年六月，塔里尔的花园里的樱桃树会结出硕大的红色果实，而塔里尔每年都耐心等待它成熟。他把一部分新鲜樱桃带回家吃，另一部分炖熟保存，剩下的则拿到路边出售。他把一张旧木桌拖到院子外，然后在上面摆上一桶桶樱桃。如果天气很热，他会在地上插三根杆子，撑起一块旧棉被，当作遮阳伞。他的樱桃卖得很好，而且他不喜欢讨价还价。

多年来，这棵樱桃树一直给塔里尔带来无穷的麻烦。从一开始，塔里尔就在努力阻止当地的孩子们靠近。他买了一条牧羊犬。然后，有个孩子把一根针藏在它的肉食里，塔里尔眼睁睁地看着狗死去。另一次，他拿着猎枪冲出去，想吓跑爬上树的孩子们。他朝空中开了一枪，结果一个孩子摔了下来，摔断了双腿。从那以后，他的妻子一再恳求他砍掉这棵树，但塔里尔不愿意。他只是耐心地看着一簇簇樱桃在椭圆形的叶子之间爆发、膨胀，最终成熟。莱拉过去常从塔里尔的树上偷果子，但有一次他逮住了她，把她狠狠训斥了一顿。从那以后，她就远离了这棵树。

莱拉和伊拉克利正在去小卖部买烟的路上。他们经过塔里尔的围栏。

伊拉克利说:"莱拉,樱桃熟了。"

她回答:"如果它们熟了,塔里尔会打理的。它们不会烂在地里的。"

伊拉克利透过围栏看着树枝在微风中摇曳,叶子轻轻晃动,露出一簇簇美味的红色果子。

不时会有老妇人走出家门,把一桶桶水倒在门前的地上,仿佛这样可以给空气降温,此景令过路人感叹,如果她们有时间打扫和冲洗外面的地面,那她们的房子里一定干净又整洁。

伊拉克利叹了口气。

"不尝一尝塔里尔的樱桃,我怎么能去美国呢?"

那天晚上,莱拉把伊拉克利、雷瓦纳、瓦斯卡和斯特拉叫到门房,告诉他们晚上去偷塔里尔的樱桃的打算。

眼下,塔里尔养了一条大型混种狗,名叫"大盗"。这是一条结实的长毛狗,有着方方的脑袋、大大的嘴、温和的眼睛和巨大的爪子。对塔里尔而言,它一无是处。大盗认识街上的每个人,也认识学校里的每个孩子。它不攻击任何人,只是悠闲地四处溜达,躺在阳光下。街上的猫走到离它很近的地方,猫尾巴都快碰到它的鼻子了,它也只是躺在那里，不为所动。

第二天凌晨三点，莱拉去叫醒斯特拉。斯特拉像离弦之箭一样跳下床，仍穿着前一天晚上的衣服，半睡半醒，但已准备好执行任务。她们蹑手蹑脚地下了楼。伊拉克利、雷瓦纳和瓦斯卡在漆黑的门房里等待着。

他们一起溜出院子，影子悄悄地跟在他们身后，拉长的黑影微微向一边倾斜，好像想挣脱束缚，但在月亮的牵引下，它们亦步亦趋地跟着主人的脚步。这是一个炎热的夜晚，树枝间吹过的微风几乎察觉不到。他们停在塔里尔和纳尔西莎家的大门旁。莱拉爬上围栏，轻声对着院子里呼唤。

"大盗！"

呆头呆脑的狗摇着尾巴朝围栏走来。莱拉从围栏上爬下来，伸进手去解开一截弯弯绕绕的铁丝，打开了大门。大盗把鼻子伸到门缝里。莱拉抚摸着它的鼻子，斯特拉在这时抓住它的项圈，把它拉了出来。

"来，大盗。来吧，乖孩子。"她亲昵地说。伊拉克利帮她把一根绳子系在狗的项圈上。

"塔里尔给这个胆小鬼取名大盗，他老婆的名字却是花儿[1]，天理何在？"雷瓦纳说。

"把它牵远点,不要靠近苏利科家,否则它会把其他的狗都招来的。好吗,斯特拉?"

"知道了。"斯特拉低声说着,自信地穿过那条洒满月光的道路,紧紧抓住大盗的项圈。她穿着诺娜的粉色褶边连衣裙,裙摆在她奔跑时上下翻飞。大盗高兴地呜咽着,享受着这场夜间冒险。

莱拉走进塔里尔的花园,示意男孩们跟上她。

"千万不要把樱桃核吐在车库顶上,"她低声说,"我一吹口哨,你们就赶紧跑,明白吗?"她一边说,一边把T恤塞进裤子里,紧了紧腰带。男孩们也照着她的样子做。

"我们应该先给斯特拉拿点儿,对吧?"伊拉克利问道。

"如果我们每个人都给她带樱桃,那她可得拉肚子了。"雷瓦纳说,其他男孩们窃笑起来。

"闭嘴,笨蛋。"莱拉回道。

她从里面关上了大门。现在他们的眼睛已经适应了黑暗,可以清晰地看到塔里尔整洁的前院和一栋简单的砖房,玻璃房门里挂着一面帘子。莱拉穿过花园,走向塔里尔的樱桃树。

莱拉决定先让最小的孩子上去。她和瓦斯卡帮伊拉克利爬上去;伊拉克利爬进树里,消失在黑暗中。接着,莱拉给雷瓦纳使了个眼色，他小心翼翼地踩在他们交叠的手上。他一跃而起，紧紧地抱住树干，一点点地爬上去，直到像伊拉克利一样，被黑暗吞没。

只剩下莱拉和瓦斯卡留在地面上。

"你去吧。"瓦斯卡低声说着，蹲下来，这样她就可以踩着他的背上去。

莱拉一只脚蹬了上去，一下子就上了树。她把脸贴在粗糙的树皮上，闭上了眼睛。她像拥抱情人一样紧紧抱着树干，而树只是站在那里一动不动，除了微风拂过时，树枝微微摇动。最后，瓦斯卡也将手脚攀在树干上，慢慢地向上爬去。他一只手抓住一根树枝，把身体荡了起来，像一只挂在树上的瘦长的猴子。

樱桃树在夜晚的窃取者们的重量下轻轻摇晃，但仍然坚立在地面上；就像一个母亲欢迎饥饿的孩子，它抚摸着他们，低声祈祷，保护他们免受邪恶之眼的侵害。突然，叶子发出窸窸窣窣的声音，有人踩断了树枝，发出响亮的断裂声。所有人都停住不动，他们能听到的唯一的声音是围栏下蟋蟀的鸣叫。

他们用T恤兜着樱桃，一把一把地，他们把叶子和果子一并撕下来，塞进衣服和肚皮之间。他们也当场吃了一些。

有人吐出一个核，它弹在石板屋顶上，发出响亮的扑通声。大家再一次停住，但依然什么都没有发生。

莱拉沿着一根枝干的边缘走，试图够到一根挂满果实的树枝，但发现瓦斯卡已经在与它搏斗。他们盯着对方。莱拉在月光中打量着瓦斯卡微笑的脸。他用尽全力往后拉，努力把树枝拉得近一些，好让莱拉够得到。她用一只手抓住树枝，但这根树枝太粗壮了。瓦斯卡用双手抓着，给了莱拉足够的时间。她不紧不慢，拽下一串樱桃，细细品尝着，把樱桃核远远地扔到车库屋顶上。她还朝瓦斯卡吐了一些核，把它们吐到他的脸上。他只是把脸稍微侧了一下，因此有一瞬间，他隐没在叶子的阴影中，直到她再次发现那双榛子般的眼睛，正凝视着她。莱拉从树枝上摘下每一颗果子，仿佛在测试瓦斯卡能够坚持多久，然后她终于松开手，挪到另一根树枝上。她将一根细长柔韧的树枝拉到身边，然后松手。树枝朝着瓦斯卡的脸甩去，瓦斯卡挡开了。

他们静悄悄地穿过大门，T恤里装满了樱桃。斯特拉在路的另一边，牵着大盗走来走去。她向她的朋友们跑来。

月光明亮如白昼。斯特拉解开了狗的项圈上的绳子，抚摸了一下它，然后把它推进开着的大门。

莱拉关上大门。

几分钟后,他们回到了校园。他们爬上逃生梯,坐在顶部,三人站在平台上,两人坐在下面的台阶上。斯特拉展开她粉色裙子的裙摆,莱拉从自己的T恤里倒出樱桃。斯特拉的眼睛里闪烁着喜悦。

"大盗真是个好孩子,它一点声音都没出。"她自豪地说着,然后朝云杉树吐出樱桃核。

"大盗是个聪明的孩子,不像瓦斯卡。他先是踩断了那根树枝,然后把樱桃核直接吐在了车库屋顶的正中央,"莱拉说着,大家都笑了,"带他一起来真是自讨苦吃。"她嬉皮笑脸地说。

瓦斯卡一言不发。

"伊卡,"斯特拉突然冒出一句,"你在美国的时候会想着我们吗?"

"当然会的。"雷瓦纳说,"因为他会很痛苦,是吧,每天晚上都哭着入睡:斯特拉,我想念斯特拉⋯⋯"

斯特拉兴奋地咯咯笑起来。

"我没法想象自己在美国会是什么样子。我一直觉得这一切都不是真的。"伊拉克利沉思着说。

"你继续这样想吧,孩子。不过,光是想,可不会变成现实。"雷瓦纳说。

"你们从不觉得累吗?"莱拉一脸困惑地问。

"我绝对不会觉得累!带我去上英语课,莱拉,看看我有多努力!"

雷瓦纳用胳膊肘顶了一下斯特拉。

"嘿,斯特拉,告诉他们,你长大后要在哪里工作!"

"我不想说。"斯特拉说,一脸尴尬。

"这可怜的女孩只说了一次,你们还拿她取笑?"瓦斯卡说。

"继续说,斯特拉,告诉莱拉!"雷瓦纳催促。

斯特拉深深叹了口气。"我要在轻工业学院工作。"

男孩们歇斯底里地笑了起来。斯特拉有点生气。

"斯特拉,你这个想法从哪儿来的?"莱拉问她。

斯特拉只是又叹了口气。

"达莉提到一个没有家人的女孩,她开始在轻工业学院工作了,因为斯特拉总是模仿别人说的话,对吧,所以……"

"嘿,我不是鹦鹉!"斯特拉大声喊道,莱拉瞪了她一眼,"他才是鹦鹉!告诉他,莱拉!"

"好了,好了,别这么大声。"莱拉温和地说。

"嘿,斯特拉!"雷瓦纳继续说,"你知道他们怎么说在那里工作的女孩吗？他们说：'如果你想要一个真正的专业人士，就找一个轻工业学院的女孩。'噢，是的，这些女孩在镇上做得最棒了！"

连莱拉都禁不住笑了。

"因为那是妓女才去的地方，不是吗？真正的专业人士，镇上最好的工作，你明白吗？"

斯特拉显得很失落。

"闭嘴！"她抱怨道，"莱拉，告诉他那不是真的！"

"好了，好了，不是真的。"莱拉安抚地说。

"斯特拉，亲爱的，"雷瓦纳咯咯笑道，"别给我们丢脸！不要去那里工作，否则伊拉克利还怎么正眼看美国人呢！"

"天哪，雷瓦纳！"斯特拉发火了，"闭嘴好吗？"

她眯起眼睛，准备迎接雷瓦纳的下一句侮辱，但那没有出现。他只是欢快地鼓掌，笑出声来。

最终，斯特拉在台阶顶上睡着了。伊拉克利摇了摇她，但她没醒。

莱拉把斯特拉抱起来。他们慢慢地沿着逃生梯下到了宿舍楼。月光透过云杉树洒在院子里，地面上仿佛覆盖着薄薄的一层雪。

男孩们跟着莱拉来到女生宿舍。莱拉将斯特拉放在床上，拉过被子盖好，注视着她紧握的樱桃叶。

莱拉又走了出去，雷瓦纳、瓦斯卡和伊拉克利正在走廊等着，把一支烟传来传去。他们为莱拉留下了最后几口。

他们下楼，互道晚安，男孩们回了他们的宿舍。莱拉走进门房。她没脱衣服，倒在床上。

第二天，他们听说塔里尔用他的猎枪打死了大盗，塔里尔的樱桃的甜味很快变得苦涩。斯特拉哭了。塔里尔拿着一把铁锹，推着一辆手推车，上面放着大盗的尸体。莱拉拦住他，提出要帮忙埋葬大盗。塔里尔似乎一夜之间老了许多，他怀疑地盯着莱拉，然后放下手推车说："完事之后把它推回我的院子里。别弄丢了我的铁锹。"

在洗漱房和操场之间的小土丘上，大盗昨夜的伙伴们给它挖了一个墓坑。其他孩子站在四周，看着他们埋葬它。当男孩们踩实泥土，埋葬可怜的大盗时，斯特拉采来蒲公英和毛茛，把它们放在地上。她泪眼模糊，心痛不已，似乎突然变得聪明起来，像是突然瞥见了新的、可怕的真相。

莱拉按照承诺将手推车推回了塔里尔家。她带着斯特拉一起去。当她们到达路边时,她把斯特拉抱起来,放在手推车里,递给她铁锹,然后飞快地奔出去,就好像斯特拉刚刚猛踩了油门一样。这股力量将斯特拉向后甩去,但她尽力保持住了平衡,兴高采烈地笑了。斯特拉坐在手推车里,像激流中的独木舟划手一样挥舞着铁锹。她将铁锹桨插入波浪中,脸上满是惊恐和兴奋。

向上游前进更加困难。当她们到达凯尔奇街时,斯特拉跳出她的小船,和莱拉一起逆流而上。空气又厚又重,就像天空中的云层正在压下来,把鸟儿赶出天堂。

"要下雨了。"莱拉说。她注视着在柏油路上方飞翔的麻雀,它们密谋似的转着圈,接着停下来歇口气,然后在察觉到危险时一齐起飞,飞快地远去。

纳尔西莎在大门口迎接他们。她拿回小船和桨,一言不发地递给莱拉两拉里硬币。

"我们不要钱,不过还是谢谢你。"莱拉说。

"我们不要钱。"斯特拉附和着。

当她们走回学校时,突然下起了雨。她们快步跑起来。斯特拉本能地抓住莱拉的手,但莱拉挣脱开来,她更喜欢两人并肩奔跑而不触碰,就像两只叽叽喳喳飞翔的麻雀一样。

她们浑身湿透，跑进了学校。其他孩子不见了。

斯特拉生气地说："我打赌他们在蹦床上！"

她们跑上楼，斯特拉努力追上去，虽然上气不接下气，但步伐坚定，为做莱拉的帮手而自豪。

她们来到蹦床房。门没有锁。走廊里没有人，但她们能听到里面的床架吱吱作响。斯特拉高高地扬起眉毛，表情严肃地看着莱拉，仿佛她无法相信有人竟然大胆至此。莱拉把手指放在嘴唇上，示意斯特拉保持安静，然后偷偷探头向里面看：天花板漏着雨水，房间中央，那个正在床上跳来跳去、气喘吁吁、满头大汗，对一切都浑然不觉的人，正是伊拉克利。莱拉听到他嘴中蹦出一句句英语，是他在玛丽卡的课上学的：我很好！我的名字叫伊拉克利！

莱拉和斯特拉躲在门口看着。在那个不存在的阳台的门的另一边，雨水倾泻而下，像厚厚的窗帘。

"我很好！"伊拉克利再次大声喊道。

莱拉悄悄地把门关上，她摇头示意斯特拉保持安静。她们下了楼。

"斯特拉，虽然我没有对伊拉克利说什么，但这不代表你可以去那里玩，知道吗？"莱拉说。

"我知道，我知道，"斯特拉答应着，跑向宿舍去换衣服,"我是想说,到了美国,他就没办法这样跳来跳去了,对吧?"

"是的,"莱拉说,"是的。"

伊拉克利第二天没上英语课。玛丽卡派一个邻居的孩子过来告诉莱拉,她肚子疼。

伊拉克利很高兴。

"她一定是到那个时候了。"他说。

莱拉狠狠地打了他一巴掌。

"你不必重复你听到的每一件事,知道吗!"

晚饭后,伊拉克利和莱拉走到梨地。夜晚的雨水过后,空气变得清新。除了树上鸟儿的啁啾声,一片寂静。草地茂盛而鲜绿。莱拉沿着梨地边的小径,边走边抽着烟,伊拉克利跟在她身旁。

"莱拉,"他突然说,"我觉得瓦斯卡喜欢你。"

"别说了,好吗?"她回答。

"我不是为了逗你开心才这么说的。"

"你知道吗?"莱拉轻声说道,抽完最后一口烟,"我觉得瓦斯卡喜欢的是你,而不是我,如果你不小心一点的话,我会把你嫁给他的。你可以把斯特拉作为你的嫁妆。真的。不行，她太好了，你配不上。你找达莉或者蒂尼科吧。"

伊拉克利叹了口气。"有时候真的不能和你说话。"

莱拉扔掉烟蒂，望着梨地，那些生长多年的扭曲枝干在暴雨过后低垂下来。

"好吧，你不相信我。不过，看看他从你那里受了多少屈辱。我可不会忍受那一切，这是肯定的。"

"他忍受那一切是因为他害怕我，不是吗，他个胆小鬼。"

"他不怕你，莱拉。瓦斯卡不怕任何人。还记得那个男孩来踢足球的时候吗，那个大块头，还骂我们是白痴，然后他对瓦斯卡说去他妈的……还记得瓦斯卡对他做了什么吗？"

莱拉沉思了一会儿。

"给我摘一个梨，好吗？"

"我可以给你摘，但你不会吃的，对吗？"

"别说那么多，给我摘一个。"

伊拉克利脱掉鞋袜，卷起裤腿。当他走到梨地中央时，他回头对莱拉说："我从哪棵树上摘？如果我跌倒在这里淹死，那就是你的错，你知道的。"

"不要担心，你不会淹死的。"

"这棵怎么样?"他指着一根挂满果实的树枝。

"行。"

伊拉克利看着那些又大又圆的绿色梨子,抓住一颗,把它摘下。他张开双臂,穿过梨地,回到干燥的地面上,手里拿着莱拉的梨,双腿沾满了泥巴。他把梨扔给莱拉。她接住它,在裤子上擦了擦,然后咬了一口。

"不好吃。"她说着,把梨递给了伊拉克利。

"如果好吃的话,树上早就没有了!"伊拉克利说着,只咬了一小口。他打了个寒战,头向后仰,用尽全力把梨扔回了梨地中。

---

1 "纳尔西莎"一词有"水仙花"之意。

7

七月中旬，酷热难耐，人们纷纷躲进屋里躲避烈日。街坊间的闲言碎语几乎停滞了。尽管如此，从隔壁的公寓楼里传来消息，玛娜娜已经离开了戈德兹。每个人都有自己的一套说法。有人声称，其实是因为戈德兹听到了一些传言，才把她赶出去了。有些人怀疑玛娜娜在结婚时不是处女。还有人确信是因为戈德兹不举。无论原因是什么，美丽的玛娜娜收拾好两只手提箱，准备永远离开凯尔奇街。

她的父亲来接她。他将女儿的手提箱塞进他的拉达的后备箱，然后把后备箱轻轻地关上。玛娜娜的黑色波浪卷发披散着，她在婚礼上的那种骄傲的微笑已经不复存在。她脸色苍白，但邻居们情不自禁地注意到，她仍然很美。

戈德兹在家里躲着没出来。维内拉从一楼的窗户探出头，递给玛娜娜一件她落在衣柜里的皮草大衣。看来她不会再回来过冬了。大家看起来一片和气：玛娜娜的父亲和维内拉表现得非常礼貌，非常客气，无论谁从这儿路过，都会觉得这个年轻女子只是去短途旅行而已。

玛娜娜上了车，没有和婆婆告别。她的父亲走到窗前。

"再见，维内拉。保重。"他轻声说。

维内拉没吭声，她伤感地看着那个将她美丽的玛娜娜带走的男人。没有人比维内拉更清楚，不应该让像玛娜娜这样的女孩走出你的生活。但她能做什么呢？玛娜娜摇下车窗，让新鲜空气吹进来。车子驶出院子，她没有回头看维内拉，那个无助地站在那里的人。

一个月后，维内拉再次租用了食堂。戈德兹要再婚了，这次是通过媒人，娶了一个来自阿布哈兹的难民。

整个学校，无须多言，都尽力支持维内拉，她似乎希望尽快把儿子的第一段婚姻抛在脑后，更重要的是，确保邻居们也忘记它。

第二天，在院子里，戈德兹平躺在自己的汽车下，几个年轻人围在他旁边。莱拉从科巴身边经过，小声说："我有事找你。"

他们在凯尔奇街的尽头碰面,莱拉打开车门上了车。科巴似乎很高兴;他开着车,沿着田耶蒂高速公路驶出城镇。莱拉望着车窗外的道路、房屋、躺在道路上的狗,以及一些行人,这些陌生人完全不知道,就在那一刻,科巴正在带莱拉去树林。这个想法让她感到开心。

科巴将车从主干道转到一条狭窄的土路上。左右两侧是一望无际的绿色的玉米田,空荡荡的小路在前方展开,绕过一座低矮的土丘——一头红棕色的牛在那里吃草——然后,消失在远处的森林中。

科巴脱下衣服。他今天没有穿棕榈树图案的衣服,而是穿了一件蓝黑相间的格子衬衫,里面是一件白色T恤。他骨瘦如柴。他脱掉牛仔裤,放在后座上。

"脱衣服。"他对莱拉说。她小心翼翼地灭掉烟头,将剩下的烟屁股塞进衬衫的前口袋,开始脱衣服。

此时科巴只穿着内裤和袜子坐在那里。他的内裤在中间鼓起,像是被一个圆锥体拉紧。科巴从钱包里拿出一个避孕套。莱拉已经脱了一半,身上只剩T恤和内裤。她放下车座。科巴扯了扯她的内裤,嘟哝着让她脱掉。他脱下内裤,戴上避孕套。莱拉心想,真像剥了皮的动物。莱拉的内裤还挂在一只脚上,科巴就把他套着小小的乳胶套的阴茎猛地推进她的体内,呻吟起来。

科巴的身体动着,然后拉起莱拉的T恤,揉搓着她的左乳房,就好像他是在把面团从手指上搓下来一样。他开始出汗了。莱拉试图配合他的节奏,好让他尽快结束,但科巴不喜欢这样。他想要完全掌控进出。莱拉的腿高高抬起,脚底紧贴车顶的内衬,当科巴扑向她的嘴,巨大的嘴巴压在她的嘴唇上时,她吓了一跳。她感觉到他冰冷的嘴唇和湿漉漉的舌头在她的口腔中来回搅动,就像一条垂死的鱼。她的感觉很奇怪,胃紧绷着,她用两只脚紧紧缠住科巴汗津津的背,开始摇晃她的臀部。科巴越发兴奋,但他仍然不允许莱拉动。他把嘴唇抽走,两只手抓住她的双脚。他的动作更疯狂了。莱拉没有抵抗。她一点活动的想法都没有了;她胃中的炙热也逐渐消退。科巴瘦削的臀部猛地冲刺了几下,然后就射精了,他发出一声咆哮,像一具死尸一样倒在莱拉身上。

几分钟后,他们穿好衣服,坐回车里,向第比利斯驶去。天色渐渐暗淡。车窗外面,几个人拿着行李站在那儿等公交车,在那一刻,莱拉想到,也许他俩坐在车里的样子就像一对夫妻,正迎着落日余晖赶回家去,回到等待着的孩子们身边。

科巴把车停在离学校不远的地方,他给了莱拉五拉里。莱拉抽着烟走开了。她走进门房躺下,不一会儿就沉沉地睡着了。

伊拉克利的下一节课还是在门房。莱拉看起来心情不佳,躺在床上,一动不动地盯着天花板。

伊拉克利的眼睛布满血丝。最近几乎每堂英语课上,他都会抱怨头疼。

"好,再来一次,你想吃东西的时候怎么说?"

"说 I'm hungry(我饿了)或者 I'm starvy(我饿死了)。"

"Starving。"

"对。"伊拉克利回答道。

"很好。现在我们练点词汇吧。"玛丽卡说道。伊拉克利深深地叹了口气,看向莱拉,表示他撑不下去了。

"嘿,我说,"莱拉坐直身体,"就不能来点真的吗?"

"'来点真的'是什么意思?"玛丽卡问道。

伊拉克利来了精神。"脏话。"他指出。

"你知道的,真正有用的东西。比如说……英语里怎么说那话儿?"莱拉有意咳嗽了一下。

伊拉克利哼了一声,莱拉没理会。玛丽卡的脸红了。

"是dick。"她说,听起来有些困惑。

"什么?"莱拉问道,没有预料到这么快就得到了答案。

"是的,就是dick。"玛丽卡自信地说。

"这个词也可以拿来称呼别人吗?"莱拉问道,笑了起来,"比如,闭嘴,dick!"

"他干吗要这么说呢?"玛丽卡问。

"他就是要这么说,好吗?如果他不需要,他就不用说,但如果他需要了,他又没法从美国给我们打电话来问该怎么说这种话,对吧?我们现在就教给他吧!"

"我不太确定……"玛丽卡思考着,"滚,你个dick……也许可以这么说。我不确定。我从来没学过骂人,也从来没有这种需要。我只知道这个词,因为班上有个男孩一直问我想不想看他的Dick-tionary[1]……如果你们真的想知道,我可以打听一下。我认识一些人。"

"我们确实想知道。狗和猫这些词他可以在那边学——我们应该教他点别的,免得有人找他的麻烦!"

"好吧,行。还有什么?"玛丽卡说,从伊拉克利的笔记本上撕下一张纸,拿起笔来。

伊拉克利振奋起来。终于有值得做的事情了。

"好,"莱拉盘腿坐在床上,盯着窗外,"你记下'滚,你个dick'了吗?"

"记了。"

"那像'把你的手拿开,你这老流浪汉'之类的呢?"

"噢,天哪,"玛丽卡笑着说,"美国有流浪汉吗?我得看看这句话怎么说。"

"还有,查一下怎么表达这个意思:不离我远点儿,我就撕烂你的屁股。"

伊拉克利扑哧一声笑了。玛丽卡把这些话记了下来。

"还有,"伊拉克利说,迫切地想要为他的紧急词汇手册做点贡献,但想不出一句足够粗鲁的话,"我该怎么叫别人不要绑架我,或者,呃——"

"等等,"莱拉打断他,"改成把你的肋骨一根根地砸断。"

玛丽卡写下来。

"不过,我可不会在美国的大街上随便说这种东西。那儿跟这儿不是一回事。那儿不是格鲁吉亚。"

"只管记下来。如果他需要的话,他会用的。你听过他骂人吗?"

"没有……"

"你觉得这代表他不会说骂人的话吗?如果他需要的话,他可以痛痛快快地骂人,这对他有用!还是说,你希望别人欺负他?"

"好吧,行,"玛丽卡说,并继续写下去,"一根根地砸断……"

"就这些!"莱拉说,"暂时够了。以后我们再想些别的。"

玛丽卡起身准备离开。莱拉给了她五拉里。前面两周还有十拉里欠着,莱拉保证很快就给。

玛朵娜来了。孩子们蜂拥而至,就像一群蜜蜂紧紧围着一个会走路的蜂巢。

达莉跑去找莱拉和伊拉克利。她气喘吁吁地来到门房,推开门,喊道:"玛朵娜来了!"

她站在门口,蓬乱的头发在阳光下成了剪影,看起来像个古怪的梨形的童话人物。

"快点,"她说,"美国人寄来了照片!"她转过身,又冲了回去。就在那一瞬间,达莉看起来像个孩子,在单调的日常生活里全力奔跑,迎接快乐的一刻。

莱拉匆忙穿上鞋，她和伊拉克利跟在达莉后面。

在蒂尼科的办公室里，他们发现蒂尼科、玛朵娜、达莉和一大群孩子正全神贯注地看着照片，玛朵娜把照片整齐地摊开在她宽阔的大腿上。

"看，伊拉克利，这是你的新父母！你的妈妈在那里，还有你的爸爸。"玛朵娜说。

达莉哭了出来。照片上是一对站在精心修剪的草坪前的夫妇：一个高个子的男人，头发斑白，留着浓密的胡子，真诚地微笑着，穿着牛仔裤和白T恤；还有一个臀部很宽的女人，面带灿烂笑容，直发披肩，穿着一条艳丽的长裙和一件白衬衫。

"就是他们！约翰和黛博拉，"玛朵娜兴高采烈地说道，"真是好人啊，你都想象不到！我和一些记者聊过了，他们要来跟你谈谈——他们非常感兴趣！政府的人也很高兴！他们一直在提供帮助……"

"那么，伊拉克利？你喜欢黛博拉和约翰的模样吗，亲爱的？"达莉问。

"可能吧。"

莱拉盯着约翰和黛博拉，看着他们的脸、衣服和草坪。在照片的边缘，她能看到一辆车的车头。

"那是他们的车吗?"她问。

"我不知道。"玛朵娜漫不经心地说,接着拿出另一张照片。这张照片上是约翰和黛博拉家里的其他成员,根据玛朵娜的说法,这些孩子已经成年了,都有了自己的家庭。接下来的几张照片是约翰和黛博拉抚养过的其他孩子,这些孩子长得既不像他们的父母,也不像彼此。前几张是白人,头发金黄,然后是一张年轻的黑人男子的照片,他穿着黑袍,戴着奇怪的帽子,直视照相机,咧嘴笑着,露出牙齿。孩子们大笑起来。

"天啊!"雷瓦纳喊道。

孩子们笑得前仰后合。玛朵娜试图解释照片里是怎么回事,但没有人能在喧嚣中听到她的声音。莱拉捕捉到足够多的信息,知道这是约翰和黛博拉领养的儿子在高中毕业典礼上的照片。

我打赌他也得到了金牌,莱拉想着,记起了基里列。

· · · · · · · · · · · ·

科巴和莱拉在凯尔奇街的尽头见面。科巴不希望任何人看到他和一个白痴学校的女孩在一起。他一路都走偏僻的小路,看见熟人就叫她俯下头。

太阳晒了一整天,但当科巴驾车驶出市区时,一股凉爽的微风袭来,驱散了车里的燥热。

两腿敞开躺在那里的莱拉听到蟋蟀在鸣叫,以为有人要来了。她用胳膊肘撑起身子,科巴也四处张望,直到他确定附近没有别人。

莱拉重新躺回去,双腿环绕科巴,随着他的节奏来回动着。科巴试图控制局面。莱拉几乎是本能地抓住科巴瘦削的屁股,用力把他拉进了自己的怀里,她感觉到肚子里有一股暖流,感觉到她的整个身体像是融化了,像一束纤维,像一个装满水的气球,轻轻地晃动,来来回回,直到那股暖流从她的腹中涌出,传遍全身,她紧紧地抓着他的屁股,突然大叫一声。科巴一阵兴奋,他低头紧盯着她,一滴汗珠挂在鼻尖上,然后,他的狂喜到来了。

莱拉下了车,走进田里小便。她没有急着回来。等回到车上,她发现科巴已经穿好衣服,站在主驾门旁,抽着烟。莱拉向他要了一支。

他们坐在车里,沉默着。科巴从牛仔裤口袋里掏出一张五拉里的钞票递给莱拉。

"我不要。"她干脆地说。

科巴吃惊地看着她。

"我不要。"她重复道。

她的脸涨红了,头发被汗水打湿,垂在额头上。科巴看到她脸上露出一丝微笑。

"我也高潮了,是吧?"她说。

科巴用手背抽了莱拉一巴掌,她的嘴唇破了。她痛得叫了出来,用手捂住脸。

"你脑子有病,知道吗?滚出去!"科巴说。

莱拉用一只手打开车门,另一只手仍然捂在嘴上,下了车。科巴将五拉里的钞票扔给她,猛地关上车门,接着倒车驶出田地,留下莱拉站在玉米地中间的土路上。

车子的声音渐渐消失。莱拉捡起那张五拉里的钞票,塞进口袋里。蟋蟀的叫声现在更响了。此时正值黄昏,天地之间泛着淡蓝色。微风在田野上舞动,莱拉能够听到玉米地中沙沙作响,仿佛海浪的声音。她加快了脚步。她走到马路上,站在那儿,等着拦下一辆车。

过了一会儿,一辆白色的拉达4×4停在她面前。司机是个男人,一脸疲惫,手上布满劳动的痕迹。他看着莱拉满是血迹的嘴。

"这是怎么了?有人打你了?"

莱拉忍不住哭了起来。她用脏兮兮的手擦擦脸颊,揉了揉眼睛,皱起眉头。她感觉到有什么东西卡在喉咙里,让她喘不过气。

男人把车停了下来。他递给她一瓶水。

"把手伸过来,你可以洗洗脸。"

莱拉下了车,捧着双手接住水,洗了洗脸。

"像你这样的年轻姑娘不该一个人到这儿来。"男人说,他们回到车里,驶往第比利斯,"到处都是坏人……你的父母健在吗?"

"是的。"莱拉回答。

"你多大了?"

"十八岁。"

"你住在哪儿?我送你回家。"

"继续开吧,我会告诉你怎么走。"

"你到这儿来究竟是要做什么?"男人问道。

一辆巨大的卡车轰隆隆地经过他们,发出震耳欲聋的声音,喷出浓浓的黑烟。

"一个朋友带我出来兜风,"莱拉说道,"然后他开车走了,把我丢在这里。"

"是你的朋友把你打了吗?"男人问道,没有回头看她。

莱拉偷偷瞥了一眼男人,惊讶地发现他的眼角有一条深深的皱纹,一直到太阳穴。

他摇了摇头。

莱拉望向窗外。男人的问题让她感到紧张。

当他们驶入城市时,天色迅速暗了下来。莱拉认出了自己的街道,但她让司机绕了点路,停在一栋公寓楼前。

"停这儿就行。谢谢你。"她说。

男人看了看院子里,孩子们在玩耍,还有几个年轻人在溜达。这只是一个普通的院子,映着落日余晖,绿叶的影子点缀着大楼的墙壁,楼上,一个母亲从窗户里呼唤着她的孩子。

"别再跟那样的人出去了,外面的怪人太多了。"男人说道。

莱拉下了车,跑进这栋并非真正属于她的楼房。

那天夜里,莱拉站在洗漱房里,喷涌的水流声在这栋漆黑无人的建筑中回荡起来,让她心慌。

她走进门房。透过黑暗,她看到伊拉克利躺在她的床上,睡得很沉。她望着他。月光洒在他的脸上。美国人说得对。他的脸是柔软的,皮肤很白,白到几乎透明。他的呼吸声很急。莱拉坐在床边,脱掉鞋子。她背对着伊拉克利,用身体把他推到墙边。他动了一下,然后又睡着了。

背贴着背，莱拉可以感觉到他的呼吸。她想起了科巴，口袋里的五拉里钞票，以及那个眼角有深深皱纹的男人。她试图思考，但思绪无法在脑海中成形，很快，她也睡着了。

第二天，莱拉来到隔壁的公寓楼。在这个季节，院子通常空空荡荡：现在是暑假。留下来的几个孩子坐在阴凉里的桌子旁玩着纸牌，看起来闷闷不乐。一群年轻人，包括科巴和正在准备第二次婚礼的戈德兹，在四处晃荡。这一次，戈德兹没有躺在车底下；今天他们正在看高查举着水管冲洗他的车。莱拉走向这群男人，站在科巴面前。科巴吃了一惊。其他人也一脸愕然。莱拉从口袋里拿出五拉里钞票，递给科巴。科巴涨红了脸。

"给你，把你的五拉里拿走——我不要！"她说。

"滚开，你这个女人！"科巴恶狠狠地说，他怒气冲冲地举起手，背过身去，然后又转过身来，咕哝着，"滚啊！"

那些男人笑了。

"怎么了？她想干什么？"高查问道。

"如果你不要的话，就给我吧，亲爱的。"另一个人讥笑着说道。

"给你奶奶，去干她吧。"莱拉说完，把钱扔在科巴的脚边。

其他人哄然大笑。有人开始拍手。一个留着山羊胡的男人哼了一声，说道："干得漂亮！"

"你还真低调，科巴！"一个穿牛仔背心的男人说，"老天，你是有多想不开啊！"

"过来，你这个婊子！你死定了！"科巴大吼一声，向莱拉扑过去。其他男人拉住了他，莱拉走开了。

"该死的疯子！"科巴喊道。

莱拉转过身来。

"别让我再看到你那堆烂铁停在我的院子里，否则我会把你的五拉里说给蒂尼科还有毕鲁兹听，那你可就完蛋了，对吧？彻彻底底完蛋了！所以，拿着你的五拉里，给自己买点好东西吧，"她吐了口唾沫，"就像你妈一样！"

"冷静点，亲爱的。"一个声音低沉的男人说。其他男人拽着科巴。高查试图用水管对准莱拉，但水柱够不着她。穿背心的那个家伙拾起一块鹅卵石，狠狠地朝莱拉的脚踝扔过去。

"别管她，兄弟，她是个女孩。"嗓音低沉的男人说。

一个老人从窗户里探出头来。接着，一个女士从另一扇窗户里探出头,生气地质问发生了什么事。

"没什么,妈妈。回去吧。"山羊胡男人说。

一天傍晚,当光线逐渐消失时,科巴在凯尔奇街尽头碰到了莱拉,他一拳打在她的脸上。莱拉摔倒在地上,科巴一下又一下地踢她的肚子和后背。之后,他走开了,从此消失在她的生活中。

---

1 "词典"的英文是dictionary,与这个自创的脏话dick-tionary只差了一个字母。

8

八月到了。在学校，时间向来过得很慢，但现在似乎完全停滞了。街道空无一人，空气静止，就连狗也尽可能地不活动了，只是偶尔挪动一下，好一直待在阴凉里。没有下雨的迹象，没有凉爽的空气，到外面去是不可想象的。太阳从升起的那一刻开始就炙烤着大地，像一团熊熊燃烧的火焰，无情地灼烧着。地面干得都裂开了，像蛋糕的皮一样，那些赭色的蚂蚁也仿佛绝望了，它们在滚烫的地上疯狂穿梭，寻找可以藏身的裂缝，能让快要烤焦的小脚凉快一下。

傍晚，太阳下山了，空气依然滞重。月亮投下影子，改变了地面的景象。最后，一阵迟疑的微风吹来，树枝开始轻轻摇动。蟋蟀在鸣叫。

孩子们在酷暑中晕晕乎乎，脚步踉跄。他们不想踢足球。他们吃不下饭。出于无人知晓的原因，达莉不让他们玩水冲凉。没人看着的时候，有些孩子会想办法灌满一个个水瓶，把水从头顶浇下来。

一天傍晚，达莉和孩子们正躲在院子的阴凉里避暑，雅克比神父穿着黑袍戴着面纱来了。塔里尔的儿子赫纳措的病情恶化了。

"我以为他一般都在春天生病。"达莉若有所思地说。

"我们已经尽力了，医生也来看过，现在只能交给上帝了。"雅克比神父严肃地说，"他们都把毕鲁兹找来了，可他又能做什么呢？你不能因为精神疾病就把人扔进监狱。"

毕鲁兹出现了，他看起来疲倦又苦恼。毕鲁兹说，那天赫纳措拿着一把斧头，在自己家的菜园里追着父母砍。

"那天多亏了库库拉。库库拉费了好大的劲儿抓住了他，把他绑了起来，"毕鲁兹说，"不过库库拉也挨了几拳，赫纳措有一拳打得可真是够狠……"毕鲁兹摇摇头，"他不能再这样下去了。这孩子需要吃药！他前一分钟还好好的，下一分钟就这样……他父母这次真是幸运。"

"你说得对，"达莉表示同意，"他以前也有发病的时候，但没像这次这样。有一次他对每个人说他是上帝，口袋里揣着鸡蛋到处走。几天后，又完全正常了……"

"你永远不知道他什么时候会发病。要是他像你们这里的小孩一样只是智力低下就好了。"毕鲁兹说着，用皱巴巴的手绢擦了擦额头。

"还有别的东西在起作用，"雅克比神父说，"邪灵发现了赫纳措的弱点。只需要最微不足道的邀请，邪灵就会敲响你的门，哪怕你只是打开了一英寸的门缝，他也会径直闯进来，将你拿下！"

"神父，你是说恶魔？"毕鲁兹问道，脸色苍白。

"不要提他的名字！主啊，怜悯我们！"神父说着，画了三次十字。其他人也都画了三次十字。

"神父，这该怎么治？"达莉焦虑地问。

"祷告，禁食，保持警惕，依靠教会和上帝的帮助。"神父宣布道。

"天啊。"达莉说，仿佛她认为这几乎不可能做到。

"如果这么容易就能治好疯病，就不会有那么多疯子在外面晃荡了。"刚过来的奥拓说。他和毕鲁兹还有瓦诺握了手，又握了握雅克比神父的手。神父显然期待着奥拓亲吻他的手，他轻蔑地眯起眼睛，看着奥拓转身走向自己的蓝色面包车。

莱拉去开大门。毕鲁兹抽完烟，也走了。

雅克比神父突然皱起眉头，看着达莉。

"这些孩子会念祷告吗？"他问道。达莉感到措手不及，不知该如何回答。孩子们尴尬地瞪着地面，因为被上帝的仆人发现了缺点而感到难为情。

"教他们祷告。"雅克比神父严厉地说道。他从长袍外套的口袋里掏出一些小册子，递给达莉一本。"睡前祷告。一定要教他们——毕竟你是他们的教母。"

达莉红着脸，恭顺地点点头，她亲吻了雅克比神父的手，接过小册子。

一天晚上，莱拉突然想，也许睡前祷告终究有些好处，也许祷告能帮她赶走那些奇怪又可怕的梦。莱拉找到达莉，她正和孩子们一起看电视。

"达莉，你把神父给你的小册子放哪儿了？"莱拉问。

达莉从扶手椅上站起来，走到陈旧的书架旁，拿出那本小册子。

"老实说，我看不懂，"她一边说，一边翻了翻，"这种正式的祷告我看不懂。"达莉坐回扶手椅。莱拉把孩子们叫过来。达莉把眼镜推到鼻梁上，低头看了一会儿，然后合上小册子，把它放在一边。她看了看坐在自己旁边的巴戈和斯特拉。

"我在你们这个年纪的时候，我妈妈去世了。"她开始说。

"你也是在一所智障学校里长大的吗？"雷瓦纳开心地问道。孩子们笑了，但达莉继续往下说。

"不是，我奶奶养大了我。愿上帝保佑她的灵魂。"

她抬头看着布满蛛网的天花板，用手画了个十字。孩子们也认真地画了个十字。有些孩子学着他们看到过的别人的样子，吻了吻他们脖子上挂着的十字架。

"我对祷告和去教堂一无所知——我是在村里长大的。我们村里确实有座教堂，就在山顶，如果它可以叫教堂的话。但它实在太旧了……屋顶都塌了，里面还长着树。其实只剩下几堵墙和几尊圣像了。我妈妈怀上我的时候还很年轻，她去世的时候才二十一岁。过去他们经常带我去那里，在圣像下点蜡烛。晚上，我妈妈会把我放到床上，念一小段祷告。不过是儿童念的那种祷告，就是一首韵文。她去世后，我就和奶奶一起念祷告，直到现在，在闭上眼睛之前，我还会念这段祷告，我什么都不害怕，因为上帝与我同在。"

孩子们聚精会神地听着达莉说的每一个字。达莉深深地吐出一口气，开始背诵：

"现在我躺下来睡觉，
愿主保佑我的灵魂……"

当她念到最后一句时，她擦了擦眼角的泪。瓦斯卡站在门口，脸上带着一丝不屑的微笑。

突然，一股强风吹进窗户，下雨了。孩子们兴高采烈地跑到窗前，把手伸进凉凉的雨中。雨水如药膏般舒缓了被骄阳灼伤的大地，柏油路被淋湿的气味弥漫在空气中。

"伊卡，美国也下雨吗？"斯特拉问道。她正往趴在窗前的伊拉克利的胳膊下挤着。

"是的，有雨和冰雹，还有风暴。你没在电视上看到过他们的风暴吗？他们有巨大的龙卷风，能吹走你的整栋房子！"

"伊卡，不要去！"斯特拉捂着嘴说，"这样的话，你不要去！"

那晚，莱拉梦见她又来到了梨地的边上。孩子们在她身后踢足球。莱拉跑进梨地去捡球，但没走几步就发现自己开始陷入松软的、被水浸透的土地中。突然,她的整个下半身都被拽进去了。她伸手抓住奇形怪状的树根,用尽力气呼喊着孩子们,但他们消失得无影无踪。她沉入梨地,越陷越深。

第二天早上,莱拉早早起床,给几辆车开了门,然后去了食堂。她不喜欢看到食堂里没有孩子。早晨的阳光穿过窗户,灰尘在一束束光柱中飞舞,莱拉看到桌子上还有前一晚留下的面包碎没有清理,玻璃杯上沾满了手指印。

她在橱柜里找到一片面包,涂上李子果酱,一边吃,一边走进院子。还没有老师到岗,孩子们都在睡觉。只有一条饥饿的狗在云杉树间游荡。

蒂尼科来上班了。莱拉打开大门,蒂尼科穿着坡跟鞋,嗒嗒嗒地穿过院子。莱拉在她身后关上大门。

"蒂尼科,"她随口说道,"这个月我给不了你停车费了。"

蒂尼科坐在树下的长凳上,脱下一只鞋,抖出一颗石子。她皱起眉头,看着莱拉。

"为什么?你把它花了吗?"

"我得为很多东西付钱。为了伊拉克利。下个月我会还你。"

蒂尼科什么也没说。她把肿胀的脚重新塞进鞋子里，站起身来。

"告诉我他至少学到了些什么。"她说。

"是的，他在学。"莱拉耸了耸肩。

"不要太费心了，好吗？没人指望他会说一口流利的英语。你得管好这里。他很快就走了，但你还得待在这里，这些车是你的责任。你知道责任是什么意思吧？我指望着你呢，你知道的。"

"我知道，蒂尼科老师。"

午饭后，玛丽卡带来了一批新的脏话。伊拉克利特别喜欢"你个混蛋！"和"我要杀了你！"。莱拉给不了玛丽卡她答应过的二十拉里，也给不了本周的五拉里。玛丽卡没有催她，因为八月快结束了，玛丽卡同意莱拉用九月收到的停车费来偿还，然后她们就两清了。

随着秋天的到来，整个学校都活跃了起来。他们打扫院子，修补破损的围栏，蒂尼科甚至从家里带来一些油漆，让奥拓把几道门涂成绿色，把大门涂成栗色。

他们也打扫了大楼里面。达莉跪在地上，用洗衣皂和一把旧鞋刷擦洗地板,随后孩子们再涂上一层蜡。

在电视室,他们使出浑身解数。几个老师从家里带来了芦荟和玫瑰盆栽。奥拓和瓦诺把沙发拖到院子里,蒂尼科让孩子们拿着棍子把沙发敲打一番,把所有的灰尘都掸掉,再将它挪到她的办公室里,用一条印着凶猛的老虎图案的旧床单盖住。

戈德兹的婚礼将在九月举行,所以食堂的入口也重新粉刷了一遍。维内拉为此自掏腰包,还出钱给食堂里做了一些小修小补。那些挂旗子和画像的钉子留下的洞被填上,打磨平整,墙壁和窗台被刷成了白色。过去的一切痕迹都被清除了。奥拓坚持说,应该在上新油漆之前先打磨掉旧的那层油漆,但维内拉只想尽可能快、尽可能便宜地做完这些。她希望这是戈德兹的最后一次婚礼,那么她就不必再操心食堂的状况了。

老师和孩子们都充满自豪地参与了翻新工作,因为他们即将迎接两位来自美国的贵客:伊拉克利的新父母,黛博拉和约翰。

那个大日子到来了,莱拉打开绿色的校门,一辆奶油色的沃尔加轿车驶入,车上是玛朵娜、黛博拉和约翰,以及跟玛朵娜带点亲戚关系的司机，名叫沙尔瓦。

美国人的来访引起一阵骚动，虽然没有马塞尔到来时那么轰动异常，但每个人都很兴奋，因为他们的出现证实了，在格鲁吉亚、第比利斯和凯尔奇街之外，确实存在着另一个世界。

欢迎仪式在体育室举行。礼堂已经停用多年了，从礼堂里拆下来的天鹅绒帘子挂在体育室墙上的健身杆上，再加上摆在三面的长凳，一个临时舞台就有了。

孩子们轻手轻脚地走进体育室。每个孩子仍然心存对他们的朋友和兄弟塞尔格的记忆，记得他躺在体育室中央的桌子上。

黛博拉和约翰由蒂尼科和玛朵娜引领着，走进体育室。达莉跟在他们后面。奇怪而刺鼻的洗衣粉味儿扑鼻而来。

美国人一露面，孩子们顿时安静了下来。"大家好！"约翰举起手，大声地用英语跟他们打招呼，他的声音柔和而悠扬，孩子们愣住了。

在他们面前，是一个不胖不瘦的高个子男人，身上的某些部位有点松垂，臀部略微多了些赘肉。他的微笑无比纯粹和诚恳，让人觉得他可能从未如此高兴过。当他走向舞台时，所有人都注视着他。

"大家好！今天大家都好吗？"他欢快地大声喊道。

不知怎么，古尔纳拉鼓起掌来。孩子们也一起拍手。玛朵娜嘘了一声说："不要鼓掌，你们会吓到他们的——我是说，他们知道自己在什么地方，但我们还是尽量克制一点，好吗？"

她转过身面向孩子们，说道："约翰问候大家。他想知道你们都还好吗？"

"我们很……好。"几个孩子羞怯地喊道。

黛博拉站在约翰旁边，笑容满面。她有着丰满的臀部和纤细的躯干，看起来就像一盆好脾气的植物。她开始说话，玛朵娜翻译成格鲁吉亚语："虽然我们是为了伊拉克利而来，但我们把你们都看成是我们家庭的一员，我们希望你们都能长成坚强、能干的大人。遗憾的是，我们只能领养一个孩子，但我们希望你们知道，你们都在我们心中。毕竟，你们是伊拉克利的兄弟姐妹！"

"哈，谁要当他的兄弟？不用，谢了！"雷瓦纳大声喊道。

孩子们哄堂大笑。黛博拉感到困惑，但试图集中思绪，完成她的发言。蒂尼科对莱拉低声说了些什么，莱拉转过身，对坐在她后面的雷瓦纳说，蒂尼科叫他出去一趟。黛博拉继续讲话，蒂尼科匆匆走出体育室，而雷瓦纳则低头跟在她后面，就像一个即将面对行刑队的囚犯，只是雷瓦纳以前就面对过行刑队了。

雷瓦纳一踏出门外，蒂尼科就关上了门，揪住他的耳朵。

"你为什么就不能老实一点？"她压低声音说，以免屋里的人听见。雷瓦纳皱着脸，发出一声哀号。蒂尼科涂了指甲油的手指更用力地拧着他的耳朵，就像要拧开水龙头一样。

"嘘！我不想听到你再说一句话！"

可怜的雷瓦纳低低地叫了一声。蒂尼科松开手。雷瓦纳想跑，蒂尼科像一头饥饿的猛兽一样扑了上去。她抬起手狠狠地拍向雷瓦纳的后背，手上那枚尺寸不合的戒指绕着手指旋了几下，有宝石的那一面正好击在了雷瓦纳的脊梁骨上。雷瓦纳嗷嗷叫着，像一头受伤的鹿，冲了出去。

"我要把你埋到地底下，臭小子！"蒂尼科唾沫横飞地说道，"下次你妈妈得去墓地看你了！"

雷瓦纳没有听到这些，他已经在空荡荡的院子中间了。他的脸通红，耳朵还在刺痛。他想哭，但就是没有眼泪。他感觉到耳朵的剧痛渐渐消退。一条狗跛着腿穿过院子，街上，一辆公共汽车轰隆隆地驶过，留下滚滚黑烟。蒂尼科回到屋里时，沙尔瓦正把几个大袋子搬上舞台。黛博拉打开袋子，说这些是礼物——衣服、鞋子和玩具——是她的邻居们送给孩子们的。蒂尼科叫达莉和奥拓先把袋子收着，然后带着黛博拉和约翰走了出去，玛朵娜、伊拉克利和莱拉也一起。

一行人聚在蒂尼科的办公室。达莉端来速溶咖啡和蜂蜜饼干。

他们一走进办公室，黛博拉就张开双臂，说："现在就我们几个人，我可以拥抱伊拉克利了！"

黛博拉和约翰紧紧地拥抱着他。达莉一边倒咖啡，一边用余光瞄着，她的眼睛又湿润了。伊拉克利红着脸。他不知道为什么黛博拉一直盯着他看，还用英语和他说话，好像他已经是个美国人了。也许，他们认为他听得懂他们在说什么。也许，等他们发现真相，他们会很沮丧。

接着，玛朵娜翻译道："她说他们为这一天等了很久很久，他们很高兴你要搬过去和他们一起生活。他们的几个孩子现在都已经成年，有自己的住处，所以你将是他们唯一的孩子。她希望你不会觉得太无聊。但她说他们附近有一个大家庭，那家人还有两个孙子。"

黛博拉笑了笑，又说了些别的。伊拉克利站在那里，板着身子，紧张得满头大汗。玛朵娜翻译道："她的大概意思是你们有足够的时间来好好了解彼此。"

约翰微笑着问伊拉克利："你觉得怎么样？想要来美国看看吗？"

伊拉克利点了点头。

黛博拉和约翰想看看学校的每一个角落，这可以帮助他们更好地了解伊拉克利。蒂尼科和玛朵娜带着他们去参观。伊拉克利和莱拉回到外面，立刻被一大群孩子团团围住，他们渴望知道每一个细节。

第二天，玛朵娜带着黛博拉和约翰去第比利斯转转。他们也带着伊拉克利，好让大家更多地了解对方。伊拉克利有些手足无措。他想让莱拉一起来，但没有人邀请她。

那天傍晚，莱拉来到空无一人的操场。伊拉克利还没回来。莱拉爬上铁楼梯，一直爬到顶。她坐在最上面的台阶上，点了一支烟。她眼前闪过黛博拉和约翰的身影，然后是双颊通红的伊拉克利，接着是瓦诺，她引诱他走进那间蹦床房，走到坍塌的阳台边缘，把他推了下去……

她脑海中响起一个声音：你能做到吗？你能吗？那你

还在等什么呢?

冬天结束前我会杀了他。一旦伊拉克利走了，我就动手。莱拉回答。

回到门房后，天色已暗，莱拉沉沉睡去。门开了，伊拉克利走了进来。莱拉醒了。伊拉克利走到床边，像一片飘落下来的羽毛一样，轻轻地在床沿上坐下来。

"跟我说说，你今天都做什么了。"莱拉说。

伊拉克利没有回答。借着从门房窗户照进来的月光，莱拉打量着他的脸。他的表情有点奇怪，而且他出奇地沉默。

"你怎么了？"莱拉问。

伊拉克利仍然一言不发。

"怎么了？"莱拉摇了摇他。

伊拉克利痛苦地皱着脸，试图挣开她的手。

"我肚子疼。"他嘟囔着。

莱拉松开手，站了起来。她拧亮灯泡，门房里弥漫开一片黄光。伊拉克利弓着身子蜷在床上，呻吟着。

"怎么了？你吃了什么？"

"大笼包，"他呻吟着，"吃了很多。"

莱拉想了一会儿。

"不好吃吗?"

"还有烤肉串……还有腰豆馅饼……"

"不新鲜了?"

"都挺好的……"他又呻吟了一声。

"是不是吃太多了?"

"是的,"伊拉克利说,哭了起来,"我感觉恶心……"

"来吧,起来。你不舒服,得吐一下。"莱拉说着,扶他站了起来。

莱拉把他带到主楼的厕所。气味极其刺鼻,伊拉克利一走进去就吐了,把一大堆格鲁吉亚美食直接送进了下水道。他倒在洗手池上,眼泪直流,喉咙火烧火燎的。莱拉打开水龙头,水流一下子冲出来,溅了他们一身。伊拉克利仍然颤抖着,洗了洗脸。

"没用。"他们往外走时,伊拉克利说。

"听着,你还有两天就要去美国了。别因为几个大笼包就哭成这样!"

来自鲁斯塔维[1]的年轻实习教师卡图纳从食堂走过来,手里端着一杯茶,递给伊拉克利。

"我不要。"伊拉克利摆了摆手说,有点大舌头。

"你想到哪儿躺一会儿?是我那儿还是去楼上?"莱拉问。

"你那儿。"他回答,然后跟着她走向门房。

他们走进屋子。卡图纳把茶放下,她伸出手摸了摸伊拉克利的额头。他躺在床上,呻吟着。

"睡吧,醒来时你会感觉好些的。"卡图纳说完,又问,"我要不要叫蒂尼科或者达莉过来看看,你们觉得呢?"

"不用,没事的,"莱拉说,"他只是吃得有点多。他的肚子还没习惯过好日子。"

他们笑了。伊拉克利在床上缩成一团。

"你睡哪儿?"卡图纳问。

"我就靠在床沿上。还剩两天,然后他就去美国了!"莱拉说着,摸索到伊拉克利的手臂,摇了摇。伊拉克利低吟了一声。

卡图纳离开了。莱拉关了灯,躺在伊拉克利旁边,头朝着床的另一端。他们静静地躺了一会儿。莱拉的眼睛逐渐适应了黑暗。她看着房间慢慢成形:塔里尔的玻璃烟灰缸在月光下闪闪发光,镜子的轮廓浮现出来,莱拉别在镜框上的十字架在墙上投下一道令人不安的影子。伊拉克利的呼吸时快时慢,莱拉知道他没有睡着。

"喂!"她说,猛踢了他一下,"跟我说说你都去哪儿了。"

伊拉克利扭动着身子,翻身仰面躺着,但除了一声不适的呻吟,他没有发出任何声音。

"喂!你是不是连声带都吐出来了?"莱拉说着,用脚在伊拉克利的脸上摸索。

"把脚拿开!"伊拉克利嘶哑地说。

"我想知道你去哪儿了!"

"我们去观光了……"

"你们去餐馆了吗?"

"去了。"

"你们吃了什么?"

"天啊,我们能不谈吃的吗?"

"好吧,至少告诉我你看到了什么。"

"我们在第比利斯转了一圈,然后去了姆茨赫塔[2]。"

"那儿离这儿远吗?"

"远。"

"还有吗?其他的事情呢?你们说英语吗?"

"是的,我说了'好'和'不是'。"

有那么一会儿,两人都没说话。

"在姆茨赫塔有一座教堂和一些牧师,还有一些雕像……我们看到一个骑在马上的男人，手里拿着剑……"

"你是说雕像？"

"是的。他骑在一匹大马上。如果站在正下方，你能看到那对巨大的蛋蛋。"

"是男人的还是马的？"莱拉笑着问。

"是马的。"

"那他的那玩意儿呢？"

"看不见。"伊拉克利回答。

"姆茨赫塔怎么样？"

"好。"

"你吃了多少个大笼包？"

"莱拉，别……我还恶心着呢。"

莱拉从抽屉里拿出香烟。

"美国人说了什么？"

"我不知道。没什么重要的。"

莱拉起身出去抽烟。等她回来时，伊拉克利已经睡着了。

女邻居们几乎掩饰不住她们的失望。戈德兹的新娘一点也不像玛娜娜。伊尔玛不像玛娜娜那样微笑，也不像玛娜娜那样摇曳她的臀部，实际上，她的一举一动没有丝毫道德放纵的迹象。她们在伊尔玛的人生中努力翻找着，想寻到一点能拿来议论的事。她的端庄让人感到乏味。

戈德兹看起来挺开心，尽管他刮胡子刮得认真过了头，脸都刮红肿了。

这次的主持人似乎没有人认识。他是个身材矮小、态度谦逊的男人，脸上挂着微微的恼怒。他在祝酒词中开自己的玩笑："先生们，请起立，不过我会继续坐着，因为我站起来跟坐下也没什么区别……"宾客们由此认为他是真正的宽宏之人。

再一次，戈德兹的堂兄带着他别在腰带里的左轮手枪参加了婚礼。他看起来心神不宁。实际上，整个婚礼现场都显得有点沉闷，好像大家都在怀念玛娜娜，那个本不该嫁给戈德兹这样的男人，却还是嫁了的女人。没有什么比那样的婚姻更糟糕了。

伊尔玛穿着一件简单的白色缎面礼服坐在戈德兹旁边，腼腆地微笑着。她看起来更像是尴尬而不是高兴。她的母亲并没有坐在桌旁，而是在给服务人员帮忙。似乎有理由假设，一旦伊尔玛走进维内拉和戈德兹的家，她就会脱下她的白色婚纱，挑起家务的重担，像一头牛一样不停地工作，直到她生命的最后一刻。

孩子们的餐桌摆在食堂的一个角落里。作为贵宾,约翰和黛博拉本来被安排在主桌的主位,但他们选择和孩子们坐在一起。达莉正准备用手抓起一块鱼来吃,却突然发现这样尊贵的客人就坐在对面,她有点摸不着头脑,胃口一下子就没了。达莉暗自惊叹玛朵娜竟可以在美国人面前如此自在地进餐,同时还能用一种外语自如地交谈。

乐手吹着都都克笛[3]走上舞池,鼓声响起,敲出稳定的节奏。几个穿着传统服装的年轻女子开始跳舞。几分钟后,一个年轻男子跃入舞池,伸展双臂,在年轻女子周围跳了一个大圈,然后站到中间,驱散了女子们,就像驱散受惊的母鸡一样。黛博拉和约翰目不转睛地看着。约翰感动得差点流下眼泪。他们的快乐中夹杂着一丝不安,那是一种遗憾的感觉,因为他们要把伊拉克利,他们选中的儿子,从这个神奇的童话国度带走,带到一个哪怕是在婚礼上都无人能这般激情舞蹈的地方。

1 鲁斯塔维,格鲁吉亚最古老的城市之一,位于格鲁吉亚东南地区,靠近首都第比利斯,在二战后发展成工业中心和交通重镇。

2 姆茨赫塔,格鲁吉亚历史名城,靠近第比利斯,被称为"小耶路撒冷",2—5世纪时是格鲁吉亚的首都,拥有古教堂等众多历史遗迹。

3 都都克笛,亚美尼亚传统民族乐器,也是世界上最古老的双簧风鸣乐器之一。

9

伊拉克利离开的日子到了。

莱拉在走出门房之前,对着镜子画了个十字。

伊拉克利站在大门旁边,拿着黛博拉和约翰给他的黑色小手提箱。他的脖子上挂着一个带有航空公司标志的小小的布钱包,里面是他的护照。

整个学校的人都聚集在大门口。

伊拉克利翻开崭新的护照,其他人在一旁看着。他仔细地查看每一页空白页。最后,他翻到了有美国签证和照片的那一页。伊拉克利让斯特拉拿着护照,这样她能看得更清楚些。她盯了一会儿,然后翻到最后一页看伊拉克利的照片。突然,雷瓦纳一把抓住护照。斯特拉紧紧拽着护照，猛地往后一拉，她怒视着雷瓦纳，脖子上的青筋都凸出来了。

"你会把它撕烂的！"她喊道，脸涨得通红。她高高地举起手臂，瞪大眼睛望向人群中的伊拉克利。

"给他吧。"伊拉克利安慰地说。

斯特拉带着怒气，把酒红色的护照递给雷瓦纳。他小心翼翼地打开，就像打开一封情书一样，紧盯着。

"那么，伊拉克利，照顾好自己。"达莉说着，与蒂尼科、玛朵娜、黛博拉和约翰一起，向孩子们走来。雷瓦纳把护照还给伊拉克利，叫他记得从美国寄一把枪过来。

斯特拉紧紧地拥抱了伊拉克利。瓦斯卡走过来，使劲地握了握伊拉克利的手。达莉用力抱了抱他。她哭着说："我们以前从没把人送去这么远的地方过。"

"我们送过，达莉！"雷瓦纳插嘴道，"我们把塞尔格送到了天堂，愿上帝安息他的灵魂……"

"我等会儿再处理你。"蒂尼科说。

约翰为孩子们拍了一张合影，伊拉克利站在中间。每个人都想站在他旁边。

玛丽卡走进院子，这个假期她晒得黝黑，还长出了雀斑。她穿着一条黄色短裙，头发披散开来。看到一个微笑的玛丽卡，还穿得那么性感，雷瓦纳呆住了。

玛丽卡给伊拉克利带了一本小小的英语词典，作为礼物。

"Dick-tionary！"伊拉克利笑着说。

沙尔瓦启动了车子。扎伊拉从她的小卖部匆匆过来，手里拿着一个装满糖果的塑料袋。她把糖果分给孩子们，然后紧紧地抱住了伊拉克利。

"别忘了我们，伊拉克利！"

蒂尼科的丈夫特穆利开着一辆外国车停在后面。他身材瘦削，秃顶，塌鼻子，笑容真挚。他的皮肤因为烟抽得太多而显得苍白，每隔几秒钟他就要攥起拳头捂住嘴巴，剧烈地咳嗽。蒂尼科叫大家上车。

天气异常闷热。蒂尼科摇下车窗，用手给脸扇风。车子启动了，留下达莉站在学校门口，周围是她挥舞着手臂的教子教女们。

伊拉克利将车窗摇下来，把脸凑出去，迎着风。蒂尼科和特穆利在前排说着话，但莱拉听不到他们在说什么，因为引擎的噪声太大了。她朝窗外看去。她假装是自己要去美国，永远离开这里，离开学校、达莉、孩子们和所有老师，离开扎伊拉和她的小卖部，隔壁公寓楼的邻居们，玛丽卡、科巴、戈德兹和他的新婚妻子伊尔玛。车子驶出凯尔奇街，莱拉向她的旧生活说了声再见。

伊拉克利穿着一件漂亮的深蓝色衬衫，领口扣得紧紧的，牛仔裤上系着一条红色的弹力腰带，脚上是一双黛博拉和约翰带来的靴子。他坐在那里一言不发，看起来平静、满足，莱拉觉得，也更成熟了。他指了指熟悉的街道和房屋。

"我以前见过那一栋……"

莱拉心不在焉地望着窗外。

从机场回来后，我要杀了瓦诺，她想，然后我要离开这里，就像其他人一样。

她想象着自己找到了娅娜，跟着娅娜走进那个一居室公寓。她想，即使他们逮捕我，也会很快释放我，或者，也许会送我去疯人院……莱拉又想到娅娜，是年纪更小的娅娜，她想到娅娜离开学校时，穿着那件领口扣得很紧的格子衬衫。娅娜微笑着。她的公寓跟梅齐亚的很像，都弥漫着刚出炉的面包的味道，门厅里也都有一个橱柜，她穿的围裙也和梅齐亚的一样。"跟我来。"娅娜说。她们离开公寓，去外面工作。莱拉开心得几乎脚不沾地……

接着，她想起伊拉克利要去美国的事，所有关于娅娜的事都从脑海中消失了。

他们到达了机场。下车时，伊拉克利告诉莱拉他头疼，感到恶心，但他们俩都知道，他没时间生病了。

在办理登机手续的队列中，伊拉克利转向莱拉。

"我还是觉得恶心。"他说。

"过一会儿就好了。"莱拉说。

玛朵娜听到了，她告诉了约翰。

约翰带着伊拉克利去了某个地方。几分钟后，他们带着一大包口香糖回来了。伊拉克利抽出一片，把剩下的递给大家。女人们每人拿了一片。

登机手续办完了，约翰邀请大家去机场里唯一的咖啡馆坐坐。特穆利看到了他的亲戚，便走过去聊天。沙尔瓦也拒绝了。

服务员将两张桌子拼在一起，把几份菜单放在他们面前。约翰点了咖啡、果汁和一份蛋糕加三明治套餐。

"你看起来不太开心。"莱拉对伊拉克利说，他正百无聊赖地拨弄着一块奶油蛋糕。

"确实不开心。"伊拉克利轻声说。

"那好吧。"莱拉笑了，狠狠地拍了一下他的后脑勺，让他的鼻子撞在奶油蛋糕上。玛朵娜和蒂尼科大笑起来，但约翰不悦地瞥了莱拉一眼，就像一个看到自己的孩子不守规矩的父亲。

他们走出咖啡馆，走到扶梯那里，送别伊拉克利。约翰和黛博拉拥抱了蒂尼科和莱拉，与特穆利和沙尔瓦握了手。蒂尼科紧紧地抱住伊拉克利，努力忍住眼泪，让他们的拥抱尽可能地久一些。接着，玛朵娜也拥抱了他。特穆利把手放在伊拉克利的肩上，友善地笑了。

伊拉克利和莱拉迅速、无泪、无声地拥抱了一下。

约翰将伊拉克利的黑色小手提箱推上扶梯，转身向大家挥手告别。伊拉克利和黛博拉跟在他后面，三个人缓慢地向上移动。

当他们快到最上面时，伊拉克利突然挣脱了黛博拉，开始沿着扶梯向下小跑。

"伊拉克利！伊拉克利！"黛博拉焦急地喊道，"约翰，做点什么！"

黛博拉无助地站在那里，眼睁睁地看着伊拉克利在其他乘客中间穿梭，撞掉了一个女士的包。当他到达扶梯的最下面时，他一跃而过，躲过蒂尼科和其他人，飞快地跑过候机楼。

"我觉得他可能是身体不舒服。"莱拉说着，追了上去。

美国人上了另一侧的扶梯，回到一楼。蒂尼科、玛朵娜和特穆利在下面等着他们。约翰满脸通红,看起来很生气。黛博拉面色苍白,手足无措。

"我觉得他是去厕所吐了,"蒂尼科说,玛朵娜翻译着,"可能是紧张的缘故。"

"我们站到一边去,好吗?我们在这里挡道了。"特穆利说。

沙尔瓦出现了,这是他今天第一次开口:现在是他彰显骑士风度的时刻。

"我去找他们。"他说着,提了提裤子,接着消失在人群中。

莱拉发现伊拉克利正站在厕所的门口发呆。

"你疯了吗?"

伊拉克利什么也没说。

"你吐了吗?"

"没有。"伊拉克利说。

"那你为什么跑开?你差点吓死他们!别搞得像个白痴一样。"莱拉把他按到墙上,直视着他。

"现在回去,好好说声对不起……跟你的……父母,听到了吗?"

伊拉克利什么也没说。

"小伙子,听到了吗?要么去吐,要么立刻回去!"

"我不想去美国。"伊拉克利用一种可怜的声音说。他皱着脸,眼泪却堵在喉咙里,变成了胆汁。

莱拉抬起手,狠狠地打了伊拉克利一巴掌。

他靠在墙上,蹲了下来,开始哭。约翰不知从哪里冒了出来,他一把抓住莱拉的胳膊,把她转了过来。他看起来像变了个人。那和善的脸庞与温暖的微笑不见了。他摇晃着莱拉,用英语冲她大喊大叫。

"他想让我干什么?"莱拉问玛朵娜,后者正竭尽全力让约翰冷静下来。

约翰松开莱拉的胳膊,解释说莱拉打了伊拉克利,然后转向蒂尼科,指着她的脸,像是在责备她似的。

蒂尼科脸红了。突然间,她的耐心耗尽了。她努着下巴,用格鲁吉亚语对约翰喊道:"我说过派伊拉克利这么大的孩子去不是个好主意,但没人听啊,没人听!"

黛博拉走到伊拉克利跟前,他正坐在地上,头埋在膝盖间。

"伊拉克利。"她轻轻地把手放在他的胳膊上,费劲地蹲下身。黛博拉招呼玛朵娜过来。出于身材的原因,玛朵娜蹲不下来,只能站着翻译。

"伊拉克利,她问你怎么了。如果你感到不舒服,不要不好意思,她说没关系。你只要去厕所把你该做的事做完,然后出来休息一下……如果你愿意,她说莱拉可以带你出去透透气。她说时间还够。"

伊拉克利抬起头,红着眼,脸上带着泪痕。他看着黛博拉,喊道:"我不想去美国!我不想去!"

玛朵娜怔住了。黛博拉的下巴颤抖着,她抬起头,等待着翻译。

"他说什么?他说美国什么?"

"什么也没说!"玛朵娜坚定地说,然后冲着伊拉克利尖声喊道,"小伙子,别逼我!不要让我在这些人面前难堪。闭嘴,站起来,跟这位女士走,这是我们对你唯一的要求!只管上飞机,一到那边,就有全新的生活在等着你,美好的生活……你想要的一切。但如果你继续像这样胡闹,他们是不会带你走的……"

伊拉克利站起来,打开挂在脖子上的小布包,将护照扔到地上,仿佛在桌子上打出一张王牌。他一言不发地走开了。

"他说什么?他不想和我们一起走吗?"黛博拉追问道。

特穆利扶着黛博拉站了起来。蒂尼科注意到自己的丈夫抚了抚黛博拉白皙又柔软的手。她走过去，把黛博拉拉到一边，瞪了特穆利一眼。

"我们会解决的，黛博拉，"蒂尼科用格鲁吉亚语说，"别担心，他只是个傻孩子。他能对美国有多少了解？"

她咬紧牙关，握紧拳头，狠狠地盯着自己的丈夫。特穆利耸了耸肩，尴尬地走到一边。

伊拉克利自顾自地大步走过候机楼。莱拉、玛朵娜、蒂尼科和黛博拉追了上去，但约翰拦住了她们。

"让我去。"他认真地说。

"伊拉克利。"他说着，追过去轻轻拉住伊拉克利的胳膊。伊拉克利甩开他。

"伊拉克利，我们会按照你的意愿办。如果你不想和我们一起来，没关系，我们不会生气的。由你决定。"玛朵娜跟在后面，气喘吁吁地跑着，一边翻译，一边穿过人群。

约翰再次将手搭在伊拉克利的胳膊上，把他转过来。约翰温和地看着他，露出平静、友好的微笑。

伊拉克利挣开他的手，用英语尖叫着："去你妈的，混蛋！我要杀了你！杀了你！"

约翰脸上的微笑消失了。起初，他不确定自己是不是听错了。其他人终于赶上了他们。伊拉克利站在一段距离之外，仿佛面对着一群咆哮的猎犬。

"去你妈的，老混蛋！我要杀了你！杀了你！别碰我！"伊拉克利又一次用英语冲约翰大叫，莱拉突然想起伊拉克利迎着夏天的雨水，在床垫上蹦跳的样子。

毫无征兆地，黛博拉晕倒了。特穆利在她倒下时拉住了她，两人一起摔倒在地。约翰跑了过去。

"黛博拉！黛博拉！"他叫着，脸色煞白。

沙尔瓦和玛朵娜试图扶起黛博拉，而特穆利在她身下挣扎。一个女人拿着一瓶水跑过来，跪在黛博拉旁边，用粗糙的手揉搓她的额头和太阳穴。黛博拉睁开了眼睛。

"她是外国人吗？"那女人缓缓问道，带着外地口音。

"老天啊！"玛朵娜呻吟道，"可把我吓坏了……是的，她是外国人。"

"可能是累着了。带她到外面去，让她呼吸点新鲜空气。"那女人说。

"这儿能找到新鲜空气？我们又不是在山上！"一个男人说，可能是那个女人的丈夫，"说不定是他们给她喝太多酒了，她承受不住……"

他们把黛博拉扶到座位上。约翰握着黛博拉的手，在她耳边轻声细语。

莱拉站在一旁,密切关注着。尽管咆哮的猎犬已经散开,但伊拉克利仍然一动不动。

广播里传来一个声音,提醒约翰·谢里夫、黛博拉·谢里夫以及伊拉克利·茨卡哈泽应立即前往登机口报到。约翰扶黛博拉站起来,他们朝着扶梯走去。其他成年人跟在后面,玛朵娜用英语道歉,蒂尼科用格鲁吉亚语道歉。为慎重起见,特穆利也用俄语道歉,然后悲伤地看着黛博拉准备离开。

在扶梯前,约翰停住脚步,向他的东道主做最后的告别。这一次没有握手或拥抱。约翰感谢了蒂尼科和玛朵娜。他说他们本应在格鲁吉亚多待一些时间,多了解一下伊拉克利,但这样可能对大家更好。

蒂尼科感到有人拉住了她的手臂。是莱拉。

"我们要走了。我们会自己回去的。"莱拉看着站在扶梯旁默默不语的黛博拉和约翰,出人意料地真诚地说,"再见,约翰。再见,黛博拉。"

莱拉和伊拉克利走出机场,拦下一辆出租车。

"没有行李?"

"没有,"莱拉说,"你能把我们送去凯尔奇街吗?"

"那要十五拉里。"

"我知道。我们会付钱的。"

莱拉和伊拉克利默默地坐在后座。莱拉能感觉到伊拉克利在哭。司机的收音机里播放着格鲁吉亚情歌,他们渐渐沉入那迷人的旋律中。

伊拉克利凑近莱拉,想说点什么。音乐声太大了,他不得不大声喊出来。

"你觉得他们把我的行李箱带上飞机了吗?"

莱拉突然大怒。

"你知道吗?你和你的行李箱都可以滚蛋了!"

伊拉克利不再说话。他把白净的脸贴在车窗上,盯着路边的树木,希望自己能把一切都交给它们,那些咒骂、愤怒、他那该死的行李箱,以及他如今永远无法看到的美国,然后看着它们急速掠过,将所有东西都带走。

在凯尔奇街附近,莱拉让司机停车,那儿有一家开在马路边的小卖部。"你能在这儿等一下吗?我给我朋友买点口香糖。他有点晕车。"

司机停了下来。

"在这儿等着,我给你拿过来。"莱拉对伊拉克利说。

伊拉克利知道接下来会发生什么。

司机熄了火，拿出一块抹布，开始擦拭挡风玻璃的内侧，等待着。

伊拉克利的心怦怦直跳。他把一只手放在车门把手上，盯着司机的后脑勺，看着他宽阔的肩膀，强壮而粗糙的手，因为长时间摆弄汽车零件而发黑的指甲。司机把抹布叠好，弯下腰把它放回原处，就在那一瞬间，伊拉克利打开了车门。

他们以最快的速度奔跑起来，不曾回头看一眼。

一直到很远很远的地方，他们才停下脚步。没有出租车司机的踪影。他们甚至不知道他有没有追过来。

他们看到附近有一排小卖部。莱拉买了一罐可乐，然后他们继续向前走去。

"蒂尼科会揍我吗？"伊拉克利问道。

"她没那个权力。"莱拉说。

"那你呢？你要揍我吗？"

莱拉递给他可乐罐。

"你活该挨揍。但又有什么用呢？揍你一顿就能让你清醒吗？"

伊拉克利把空罐子放进口袋里。

"这个罐子没有押金可退。"莱拉说。

伊拉克利从口袋里拿出空罐子，扔到一片满是灰尘的草坡上。

莱拉在十字路口停下来。

"我们离墓地很近了。"

"什么，是埋着塞尔格的地方吗？"

"不是，是埋着我姑姑舒珊娜的地方。对，就是埋着塞尔格的地方！走吧，我们去看看他的墓。"

他们花了二十特里，从一个老妇人那里买了一小束有些枯萎的黄色野花。这个老妇人看起来就像她的花一样：又瘦又小的脸上布满了皱纹，头上裹着一块带有花朵图案的黄色头巾。

越接近墓地，就越难弄清楚该走哪个入口。有好几次，他们不得不回到入口的地方，因为他们怎么也找不到塞尔格的墓。

伊拉克利疲惫地跟在莱拉身旁，一直握着花束，他的手掌直冒汗。莱拉拦住了一个路人。

"我们能从这儿进墓地吗？"莱拉问。

"墓地？是的，可以。如果你沿着那条小路走——"

"不，不，"莱拉打断道，"我们刚才就是从那条路来的。我们要找另一个入口。几个月前我们来过这里，附近有一栋半毁的楼房，这栋楼的另一半还有人住。整个建筑都在往地底下沉。"

"噢，你是说泰坦尼克号！你得沿着那边走。经过两座楼房，你会看到路面突然变得很糟。一旦路糟了，你就得朝着山坡走，一直走到一大片泥巴地。你绕过去，就能到泰坦尼克号前面的院子里！"

穿过墓地，莱拉看着周围的墓碑。

"他没有墓碑，"她说，"但我记得他被埋在一个奈莉·艾瓦佐娃旁边，或者类似的名字。留心一下这个名字。"

夜幕降临，最后的悼念者正离开。莱拉和伊拉克利仍在墓地里徘徊，找不到塞尔格和奈莉·艾瓦佐娃。

"她的墓碑是黑色的，上面有她的照片。她在笑，看起来有点像达莉。"莱拉说。

他们坐在一座被人遗忘的坟墓旁边，那里有一道生锈的铁栅栏和一片厚厚的杂草。莱拉盯着墓地边上那栋破旧的大楼，她已经能看到窗户里亮起的灯光。

"莱拉，"伊拉克利说，"我妈妈不会回来了，对吧？这就是为什么蒂尼科想送我去美国。"

莱拉想起了伊拉克利的母亲英伽，还有那个希腊老婆婆的话——英伽不住这里了！——那一切似乎都是很久以前的事了。

"谁知道呢，"莱拉回答道，"一切皆有可能。"

"你真这么认为吗？"伊拉克利惊讶地问。

"我要离开，"莱拉突然说道，"离开这个学校，我是说。但别告诉任何人。有些事情我需要处理，一旦完成，我就会走的。"

"你要去哪里？"伊拉克利愤愤地问。

"我还不知道。某个地方。"

伊拉克利站起身，看着莱拉，好像他刚被第二次抛弃一样。

"要是你能保持沉默，帮我个忙，我就带你一起走，"莱拉漫不经心地说道，"虽然你不配，但我能怎么办呢？"然后，想起他们来这儿的目的，她又说："绕到那个山坡的另一边看看，看她是不是埋在那里。找到她，我们就能找到塞尔格。"

伊拉克利低头看着手里枯萎的花，觉得为塞尔格献上这么可怜的祭品有些尴尬。

"莱拉，"伊拉克利说，"也许你记错了。你再想想。也许那不是奈莉·艾瓦佐娃……"

"我不知道。是个女人,她在笑,墓碑是黑色的。她看起来有点像达莉。"

伊拉克利看着墓地,但什么都不太熟悉。

一条狗从墓碑中间穿行而过,耷拉着脑袋,摇晃着瘦弱的后腿。在这个荒凉的地方,看到一个生物如此悠闲地活动,他们吃了一惊。

"我们回学校吧。"莱拉说。她转过身,盯着泰坦尼克号的方向,规划着他们离开墓地的路线。

伊拉克利看着墓碑。他把花留在伊扎贝拉·格盖赫科里的墓前,那里没有画像、蜡烛或祭品。

"我们没找到塞尔格。"他沮丧地说。

"是的。"莱拉说。

在凯尔奇街的尽头,他们碰到了瓦斯卡,他坐在公交车站旁边一根敞开的混凝土管上,抽着烟。

"给我支烟。"莱拉说。

瓦斯卡从口袋里掏出一整包香烟递给她。

"哇,瞧瞧!"她说。

"拿几根,"瓦斯卡说,又看了看伊拉克利,"那你没去美国?"

"没去,"伊拉克利说,"谁告诉你的?"

"蒂尼科回来了,她告诉了达莉。达莉要揍你一顿。"

"她也要揍他妈妈一顿吗?"莱拉说。瓦斯卡咧开嘴笑了。

莱拉和伊拉克利朝学校走去。

"你看到他的包了吗?"伊拉克利问。

莱拉不记得看到什么包。

"所以呢?"

"我想他要走了。"

"去哪儿?"

"就是走了。离开了。"

莱拉嗤了一声,朝一旁吐了口痰。

"他愿意走就让他走吧。"

"莱拉,你不会让他们揍我,对吧?"

"如果有人要揍你,那也只能是我。其他人别管闲事。"

伊拉克利抽了一口烟,感到大脑中一阵愉快的晕眩。当他们走近校门时,莱拉想象着他们走进操场,孩子们和老师们围上来,紧接着是一阵骚动。伊拉克利的心提到了嗓子眼儿,而莱拉感到喉咙里涌上一种苦苦的味道。

"跟紧我。"她低声对伊拉克利说。

走到大门前，他们看到格利亚和其他几个孩子一路小跑，穿过院子。孩子们注意到了莱拉和伊拉克利，但谁也没有理会两人，飞奔而过。

他们走进院子，看到了雷瓦纳。他也看到了他们，但他没有停下，继续向前跑去。

他们看到巴戈和斯特拉从操场的方向跑过来。巴戈在前，斯特拉在后，她穿着人字拖，使出全身力气往前赶。他们奔向食堂，但孩子们正从食堂里蜂拥而出，后头紧跟着达莉，于是他们又立即调转方向，往操场跑去。

巴戈冲着莱拉和伊拉克利喊："瓦诺在蹦床房，他摔下来了！"

巴戈的眼睛瞪得和他T恤上的米老鼠的眼睛一样大。

伊拉克利把所有关于美国的想法一股脑抛开，跟在其他人后面，跑了起来。

一时之间，莱拉站在那里，动弹不得。她的整个身体突然失去了重量。她坐在云杉树之间的长凳上，头靠在树干上，闭上眼睛。在黑暗中，她看到瓦斯卡的脸，他正微笑着。